GAEA

GAEA

遇見一片微笑的，雪

星子——著

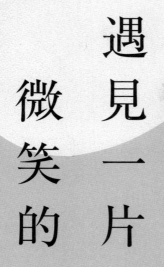

遇見一片微笑的，雪

目次

楔子

鐵灰色的天空，飄浮著灰灰的雲。
鐵灰色的城市，窗子透射出黯淡的光。
鐵灰色的大樓，關著不開心的人。
鐵灰色的街道，塞著動彈不得的車子。

繽紛悄悄地和這個城市道別，忙碌的人們心中失卻了愛。
天使哭泣了，眼淚在空中飄，變成了雪，五彩繽紛的雪。
雪片片落下，堆出了開口笑的雪人。
雪人似乎在說——

困頓的人們啊！
要笑，不要哭。
真的哭了，也要記得將眼淚擦乾。
勇敢地往前走。

小知不哭

三月初春的陽光灑在身上，像是讓軟馥馥的被子裹著全身。午後的巷子靜謐安寧，青苔石磚牆上的裝飾空洞透出一陣香味，那是老陳新種入土的幾株花。

小知緊抱著懷中娃娃，不由得將步伐放緩，深深吸嗅著花香氣息，她將頭湊近牆上的裝飾洞孔，見著裡頭幾處用磚砌成的小花圃，上頭紅紅綠綠，開著各式各樣的花，小學三年級的她叫不出那些花的名字，只覺得好看、好聞，能讓她心情舒暢些。

小知的腿上起了一陣搔癢，痕癢自結痂的一道血痕底下發出，她一雙細瘦的小腿上有好多那樣子的痕跡，有些痕跡較淡，有些痕跡較清晰，是四天前新添上去的。

小知伸手輕搔癢處，指甲摳去一些痂皮，隱隱作痛，她像是警覺到什麼似地，不敢再逗留，加快腳步往前走，還不捨地回頭望了望那些傳出芬芳的牆洞，和香味道別。

前頭巷子口李嬸院子裡有隻大黃狗，一年四季都懶洋洋趴著，眼睛要睜不睜，像是永遠睡不飽一般。

小知經過之時，自然而然地向大黃狗瞧上幾眼。突然她頭皮上一陣刺痛，是一個路過的同齡小男生伸手揪住她一束頭髮。

她噫呀一聲，反手撥去，打在男生臉上。男生捱了巴掌，怪叫怒罵，猛力一扯，向後跳開，揮揮手，拋下幾絲頭髮。

小知摀著頭皮，痛得臉上頸上都激出一陣刺麻感，她憤恨地吼著：「你幹嘛——」

「賤胚！」那男生是附近街坊孩子，臉上長著一塊雞蛋大小的青斑胎記，一手還抓著喝去一半的鋁箔包飲料。欺負小知是他的嗜好之一，他露出兇狠表情，一腳踹在小知腿上，還怪叫：「賤胚！」

小知氣得大叫，一手抱著娃娃，一手胡抓亂扒，和男生纏鬥起來。

她倒不特別氣憤男孩罵她「賤胚」，而是更氣憤男生無故打她，抓她頭髮。

這個年紀的孩子罵起人來有股特別的狠勁，尤其是用字毒辣，事實上他們也不太明白那些字詞的確切意思。

「你才是賤胚！」小知勇敢應戰著，被男孩的拳頭揍了後背好多下，同時也將男生的臉上抓出數道血痕。

男生臉上刺痛，激怒之下，蠻力一來，揪著小知頭髮，將她甩倒在地，一把揪著小知懷中那娃娃的腦袋，使勁拔扯。

「放手！放不放手！」男生又笑又罵地拽著娃娃，不時伸腳踢踹小知。

小知並不遮擋男生的腳踢，只是雙手緊緊抓著娃娃身子，死也不放。

李嬸院子裡的大黃狗突然兇狠狂吠起來，小男生嚇著了，轉頭只見李嬸的家門半掩著，那齜牙咧嘴的大黃狗沒拴繩子，隨時都會衝出來一般。

男生又踢了小知一腳，這才拔腿開溜。小知恨恨地撐起身子，男生早已逃遠。她吸吸鼻子，氣憤地哭罵幾句含糊不清的髒話，替娃娃梳整凌亂的頭髮，自牆邊撿回拖鞋穿。

小知摸摸口袋，神色焦急，只掏出一張百元鈔票，另外三十元銅板不見了，是和男生扭打之時掉落的。

「紅豆，紅豆，怎麼辦，錢不見了，錢不見了……」她紅了眼眶，緊抱著那叫作「紅豆」的小娃娃，彎低身子四處探找，呢呢喃喃和娃娃說話。她蹲下翻動石塊，撥開一叢叢野草，在一塊小石旁撿回一枚十元硬幣。五分鐘之後，又在乾涸的水溝中找著另一枚十元硬幣，直到她在較遠的牆角下尋回第三枚十元硬幣時，已經又過了十五分鐘。

小知抽抽鼻子，氣惱且不甘地向兩條街外的柑仔店奔去。

「老闆娘，我要三罐啤酒。」小知揉揉屁股，方才讓那男孩揪著頭髮摔在地上，還十分疼痛。她補充說：「大罐的那種。」

老闆娘沒說什麼，自冷藏櫃中取出三罐國產啤酒裝進紅白袋裡，遞給小知，見著她腿上又生出新傷，皺起眉頭說：「小知呀，妳爸爸又打妳啦？」

「謝謝老闆娘！」小知不答話，轉身跑了，方才和那男生的一場扭打、找錢等突發事件，在她小小腦袋預計之外。她已經花費太多時間，她必須盡快返家。

小知奔跑著，奔過了大黃狗打盹的院子，奔過了散發出花香味的老陳家，又奔過了好幾條街。

踏過一片晶亮亮的小水窪，濺出細碎水花，小知轉入了那條陰暗巷子，在一棟公寓前停下腳步，連連喘著氣。不知怎地，儘管陽光朗朗，但這巷子四周卻像是一塊融不化的堅冰，發散著終年不變的陰鬱。

至少小知是這麼覺得的，她害怕家，害怕回家。

小知仰頭高望，自家那面爬滿鏽斑的鐵窗，如同囚牢。

她急急地跨進公寓大門，向上走去。樓梯間飄蕩著死寂的霉味，那是毫無生氣、沒有希望的味道。

儘管小知自樓梯間的窗能夠看見外頭的清朗天空，但她每向上走一階，便像是更加地與外頭隔絕，與希望隔絕。

若她有一對翅膀，此時便已經飛出窗外，再也不回來了。但她沒有翅膀，她只是個九歲大的小孩，她只能繼續往上走。

來到自家鐵門前，拿出鑰匙開門，小知吸了口氣，進屋。

客廳瀰漫著濃濃的菸味，一個穿著短袖襯衫的男人，疲懶地躺在破舊沙發椅上，那是小知的爸爸。

電視機音量頗大，是幾個人在說話、激烈辯論著，小知不能理解他們在說些什麼，只知道爸爸時常看這類節目，看著看著便激動起來，有時大聲叫好，有時氣極大罵。

「妳上哪裡去，怎麼那麼久？」爸爸問，並沒有轉頭來看，似乎專注地聽著節目中一個來賓講話。

小知趕緊遮上手中那袋啤酒，感到一絲幸運，爸爸的注意力全放在節目來賓的高談闊論上，似乎沒有注意她的遲歸。

「我去做功課了。」小知轉身要回房，卻聽得一聲噗嗤噴氣聲，緊隨在扳開鐵罐的拉環聲之後。

小知轉頭去看，只見爸爸手上的啤酒汁水氣泡激烈湧濺，噴濺在爸爸臉上、沙發、地板上。

她為了加快腳步回家，一路奔跑，沒想到啤酒經過搖晃，一開即噴。

「王八蛋——」爸爸勃然大怒，將酒罐猛一砸，迅然起身，一把抓住小知頭髮，照著小知臉頰便是一巴掌。

「我不是故意的，我不是故意的！我被狗追，用跑的回來，我不是故意的！」小知驚慌失措，幾乎忘了臉上熱辣辣的疼痛，只是急急地辯解。

她不曉得爸爸為什麼這樣生氣，爸爸一直很容易生氣，那些怒氣像是從地底爆發出來一般。

爸爸抄起椅子旁的藤條，虎虎甩下，藤條在空中激出可怕的聲響，抽在小知小腿、大腿之上，小知的腿上瞬間浮起新的紅痕。

「我不是故意的，我下次不敢了！」小知不斷重複著同樣的話語，讓父親連連抽打著雙腿、臀背、臂膀，她無處可躲，只覺得身上的疼痛有如讓火灼燒一般，她腦中一片空白，本能性地閃躲。

磅的一聲，小知撞上身後一只釘在牆上的老舊木架子，老舊木架鐵釘崩脫，一側陡然傾斜，架上物事應聲落下，落在地上砸得粉碎，揚起一片灰。

那是爺爺的牌位和陶瓷香爐、蠟燭、打火機什麼的。

「嗚嗚……嗚嗚……」小知嚇得傻了，緊抱著懷中娃娃蜷縮在牆角，嗚嗚哭著，照片中爺爺的臉看來如此和藹，此時卻救不了她。

「小王八蛋！這是妳爺爺的牌位！」爸爸爆出震天怒吼，高舉藤條便要打下，暴戾的動作卻在空中戛然而止。

爸爸的目光停在地上煙塵未止的那片香灰堆上，除了香灰，還有滿滿的、凌亂的香尾巴。

爸爸突然蹲了下來，雙手按扶在地，仔細地研究那些香尾巴的排列，還不停喃喃自語：「六……六……」

小知隱隱知道爸爸暫時不會處罰她了，每當爸爸專注地研究數字時，都不喜歡小知打擾他，爸爸會在一些看來不起眼的事物上，鑽研好一會兒，設法參透該事物當中所隱含的一些數字，然後去簽賭下注。

小知抹著眼淚，悄悄回房，輕輕地關上房門，心中虔誠地禱告這次爸爸能夠賭贏，小知對金錢倒無太大的概念，但她卻很清楚，若是爸爸簽賭輸了，她那幾日可不好過。

小而陰暗的房間沒有窗子，牆上的壁紙曾經是可愛的粉紅色，如今卻是黯淡的霉黃色。一旁有張小梳妝台，那是小知媽媽生前用的，現下小知當成書桌來用。

小知捧著手中那個叫作紅豆的娃娃，在梳妝台前的床緣一屁股坐下，呆呆凝視著梳妝台，梳妝台上沒有鏡子，鏡框薄木板上黏貼著的是一些功課表、明星照片、小塗鴉什麼的瑣碎玩意兒。一年前那鏡子還在，某次爸爸喝醉了酒，爆發著莫名其妙的怒氣，就將鏡子給砸爛了。

小知仍然時常對著那梳妝台發愣，想像著鏡子猶然存在，輕輕拂弄著紅豆的頭髮，替紅豆梳整頭髮，偶爾綁個辮子什麼的。在很久之前，小知的媽媽都是這樣幫她綁辮子的。

爸爸的細碎呢喃聲隱隱約約自門縫爬漫進來，像是在和爺爺的牌位說話一樣。小知緊緊抱著紅豆，她覺得右手臂熱辣辣地仍十分疼痛，兩條藤鞭痕跡發紅且浮凸起。

小知拉開抽屜，取出一罐不知名的小藥膏，旋開蓋子，沾了藥往手臂上的傷處上抹，替自己擦藥。

擦著擦著她哭了，前幾天的藤條痕跡還沒褪，新的又添上去了，她吸吸鼻子，看看左腿，看看右腿，看看手臂……在學校時她總穿著外套、長筒襪，就怕手臂、小腿上的傷痕讓人看見，但有時實在太熱，只得脫下來透透風，有些同學會問她手上的疤是哪裡來的，她說是跌倒摔的，她不想讓同學知道她在家都被爸爸打，只有壞孩子才會一天到晚被爸爸打。

有一次張又常也這麼問她，她支支吾吾說不出話，最喜歡挖苦人的李新突然冒出頭說她是「家暴兒」，惹來不少同學的注意，小知只想挖個地洞鑽下土去，李新還好事地拉下小知的長筒襪，說果然也有疤，那天小知跟李新打了一架，李新不再說小知是「家暴兒」，改口說她是「瘋婆子」。

往後小知外套穿得更勤，尤其怕讓張又常看到傷疤。

□

這天過得很快，到了傍晚，小知跑腿買了晚餐，爸爸仍然仔細鑽研著香腳數字。小知也只是匆匆地扒完飯，就洗澡睡覺去了。

她躺上床，拉上被子，緊緊擁著懷中的紅豆，哄著紅豆睡覺，紅豆的眼睛永遠睜著，但小知能自己判斷紅豆什麼時候累了，什麼時候睏了，什麼時候在笑，什麼時候傷悲。她自己很少笑，卻時常幻想紅豆笑的樣子。

好多年前小知自媽媽手上接過剛縫好的紅豆，那時小知笑得好燦爛，小知永遠也忘不了那瞬間的愉悅。她將自己當成了媽媽，將紅豆當成了自己。

紅豆睡著了，小知也睡著了。

□

「睡飽了沒！小王八蛋！」爸爸的怒吼自門外響起，咚咚兩記踢門聲音將小知嚇得睜大眼睛，從床上彈起。

小知揉揉眼睛，窗外明亮亮的，黑夜悄悄過去，不知不覺又來到白晝。

爸爸焦躁地在門外踱步，罵著：「就知道睡覺，天亮啦，妳爸餓死了，去買吃的！」

小知自爸爸手中接過百元鈔票，準備下樓買早餐，還不忘緊緊抱著紅豆。

「等等！過來——」爸爸顯得焦慮毛躁，又將步至門前的小知喚了回來，指指地上那攤香灰，香灰上的殘香腳一根根交錯排列堆疊著。爸爸指著其中幾根交錯香腳問：「妳看，這是幾？」

「我不知道……」小知搖搖頭。

「妳看像幾？」

「……」小知又搖搖頭。

「妳有沒有認真看？」爸爸怒吼，揪著小知耳朵罵。

「我不知道，我不敢亂猜，說錯了你會生氣！」小知慌張答著。

「這次不一樣，這是妳爺爺給我的指示，妳一定看得出來，要是中了，我買很多洋娃娃給妳，帶妳去吃大餐，帶妳去兒童樂園玩！」爸爸說得口沫橫飛，比手畫腳，興奮的模樣好似已經中了簽賭彩金一樣。一夜沒睡的他，此時眼中爬滿血絲，神情有些憔悴，又有些得意，彷彿自己勤奮工作了一整晚般，但見小知沒有太大興趣，有些憤怒。

「快看看爺爺的指示，看看是幾？」爸爸掐著小知後頸，按著小知的腦袋往那堆香灰壓去，他一手胡亂揮舞，左顧右盼找著什麼，接著摸著他父親的牌位，撿拾起來，在臉頰上磨蹭，呵呵地笑說：「你爺爺一向最疼我，他一定是看我倒楣，來幫我發財啦，哈哈！」

小知頭被按著，瞪著地上那堆香灰，只離自己的面頰不到一個手掌，幾根香腳交錯疊著。她也仍記得爺爺生前的和藹面容，他常會抱著她笑，爺爺去世後，化成了木架子上那牌位組合，再也不會說話，再也不會呵呵地笑。小知每日上香時，始終抱著崇敬心情，有時還會閉眼回想爺爺在世時逗她玩的樣子。

但此時爸爸瘋了嗎？這是什麼情形？

小知大大的眼淚落在香灰上，她渾身發抖，看看香腳，看看一角爺爺的照片，爺爺笑著看著她。

「快看，有沒有看出是幾？我一個晚上都沒睡覺，看出好幾個數字，一個都不能放過，要中就中最大的，這是妳爺爺的心意，看出是幾了沒有？」爸爸激動地說。

小知的眼淚一滴接著一滴落在香灰堆上，鼻涕也淌了出來，她嘴巴動了動，喃喃說：「七……七……」

「七？」爸爸頓時鬆了手，將小知扯到一邊，自個兒凝神看了看，底下那幾支殘香腳，初看之時像是阿拉伯數字「4」，小知卻看成了國字「七」，雖然是倒反的，卻也有些干連。

「嗯嗯……我怎麼沒看出來……我沒想到要看國字……」爸爸像是恍然大悟一般，繼續研究其他香灰堆上的數字，拿著筆在紙上塗塗抹抹，每一個可疑的數字組合都不放過。

小知抹抹眼淚，抓著鈔票起身，正要出門，又讓爸爸一把拉住，奪回那百元鈔，在她手裡塞了一張千元鈔。

「乖女兒，幫我買一瓶威士忌，貴一點的，妳就說爸爸要喝。」爸爸闊綽地說：「剩下的妳要吃什麼就買什麼，我們就快要發大財了！」

小知看著手上的千元鈔，這是她們家裡一週的餐費，然而這張千元鈔比起爸爸即將要押下的賭注，又不算什麼了。小知隱隱感到不安，卻又不敢說出已在喉間的疑問——「要是沒中呢？」她知道那只會換來一個痛極了的巴掌。

小知點點頭，拿著千元鈔一步步下樓，細碎的腳步聲在寂靜樓梯間迴盪，對小知而言，下樓永遠比上樓輕鬆，那是心靈上的輕鬆，代表她即將能夠離開上頭那個陰鬱的家了。儘管之後還得回來。

出了公寓，風有些冷，小知摟了摟懷中的紅豆，替她撥撥頭髮。小知在大街上走，她走了三家便利商店，店員都不將酒賣給這個八、九歲大的小女孩，儘管她再三解釋是替爸爸買的。

她只好轉回早先那雜貨店，雜貨店裡只有賣啤酒、米酒，卻沒有爸爸要的洋酒。

小知開始猶豫，現在是要將鈔票原封不動地拿回去，請示新的指示，還是先自作主張買幾罐啤酒回去讓爸爸解解饞。這兩個選擇看來差別不大，但對脾氣暴躁且莫名其妙就會爆發的人而言，發怒是不需要什麼理由的，選擇前者，爸爸可能會怒罵：「買不到威士忌不會買別的？」選擇後者，爸爸也可能會怒罵：「誰叫妳自己亂買的？」

雜貨店老闆娘似乎看得出小知的處境，要老公顧著店，她自己帶著小知去便利商店裡買洋酒，一路上嘟嘟囔囔了好半晌，只是反覆地說：「苦命的孩子……妳叫妳爸爸少喝點……唉，其實妳說了只會被打更慘，真可憐，怎麼辦呢？」

在雜貨店老闆娘的陪伴之下，小知終於買到一瓶七百多元的洋酒，她感激地向老闆娘鞠了一個大大的躬，轉身返家。

為了節省時間，她決定穿過公園，以彌補先前和便利商店店員周旋所浪費的時間，動作太慢的話，會被打。

「看！是那個賤胚！」三個小男生的叫喊聲在樹叢旁揚起。這三個小男生其中一個，就是昨天午後和小知扭打的那個胎記男孩。他們正在玩一種用水鴛鴦炸螞蟻的遊戲，見到小知過來，二話不說就拿著手中點燃的水鴛鴦朝小知扔。

「賤貨！你們很賤耶，你們很無聊耶！」小知驚慌而憤怒地躲避那些飛來的水鴛鴦，其中一枚水鴛鴦落在她腳邊，爆開時的飛屑濺在她小腿的傷疤上。很痛。

小知從來都不懼怕那些臭男生的挑釁，她只是感到氣憤和不解。她隨手撿起地上的小石子回擲還擊，石子打在一個男生的額角上。那小男生摀著額頭唉叫，痛得眼淚在眼眶裡轉，他火氣上來了，扔下手上的水鴛鴦，握著拳頭朝小知撲來，另兩個伙伴也左右跟上，三個圍著打小知一個。

小知臉被抓破了，辮子被扯開了，她一手提著洋酒同時挾著紅豆，另一手奮力地還擊，或者用嘴巴咬。

一個小男孩抓著了小知挾在腋下的紅豆的一隻腳，使勁地拉扯，小知這才亂了陣腳，她感到紅豆在她腋下掙扎，像是很痛的樣子。

「你們幹嘛啦！」小知氣得眼淚都流了下來，但她攻擊的手被一個男孩緊緊抓住，提著酒瓶的手也使不上力，紅豆便被第三個男孩搶去了，那男孩知道小知異常喜愛這娃娃，一奪到手，便哈哈笑著胡撕亂扯，又將紅豆扔在地上，用腳猛踩、亂踢，第二個男生也跟上，兩人四隻腳不停踩著紅豆的身子。另一個男生則拉著小知的手，不讓她去救援。

「王八蛋！賤人！幹！」小知憤怒哭叫，罵著她小小年紀聽過的所有髒話，提著酒的手一鬆，酒落了下去，她反手狠狠打了抓著她的男生一巴掌，尖叫著衝向踩踏紅豆的另兩個男生。

「她發瘋啦，快逃啊——」男生們叫著笑著，做著鬼臉，其中一個跑得遠了，還撿石頭往小知扔。

飛來的石子砸在臉上，小知痛極了，她哭叫罵著，也撿起石頭回扔，男孩們早已跑遠，只聽見他們的笑聲還在公園迴盪。

「嗚嗚……嗚嗚……」小知撿起破破爛爛的紅豆，環顧四周，洋酒的袋子還倒在一旁，她見到袋子外頭濕了一片，心中顫了好大一下，走兩步去看，酒瓶上多了道裂痕，裡面的酒流去了大半。

小知哭著整理酒瓶，提著只剩一半的酒在公園晃蕩了好一會兒，她不敢回家。她還記得這瓶酒要七百多元，身上剩下的錢不可能再買一瓶。

她沮喪地哭著，走到花圃邊的石磚圍籬坐下，這才發現紅豆的眼睛一顆掉了，一顆鬆了。紅豆的眼睛是用鈕釦縫上的。

小知接著發現，紅豆的毛線頭髮落了大半，腳也破了，露出裡頭的棉花，更別提紅豆讓那兩個男生在地上亂踏一陣之後，衣物都又髒又破了。

「對不起紅豆，都是我不好，保護不了妳，嗚嗚……紅豆，嗚嗚……媽媽，媽媽……」小知嚎啕大哭，眼淚如泉湧出。

「怎麼了？小妹妹？」一個中年男子走過，停了半晌，低頭關切。

小知仍嗚咽哭著，看了看他，搖搖頭說：「沒有……沒有……」

中年男子指著小知的娃娃說：「妳的娃娃壞啦？怎麼不回家啊？」

小知嗚嗚哭著：「我把酒打破了，不能回家……」

「是妳家裡人叫妳出來買酒嗎？妳打破了酒瓶，不敢回家，怕被處罰？」

中年男子問。

小知點點頭，一邊抽噎一邊抹眼淚。

中年男子嘆了口氣說：「叔叔車上有一瓶一模一樣的酒，是叔叔的朋友送的，但叔叔不喝酒，乾脆送給妳，好不好？」

小知怔了怔，看了那中年叔叔一眼，他背著光，看不太清楚臉。小知有些猶豫，那叔叔又說：「來，我去拿來給妳。」

中年叔叔說完，轉身往公園旁大道走去，那兒停了一輛私人轎車。

小知抹抹眼淚，戰戰兢兢地跟在那叔叔身後，那叔叔打開車門翻找一會兒，向小知招招手。小知奔跑過去，不知所措地說：「謝……謝謝你叔叔……」

那叔叔的笑容和陽光一樣燦爛，他說：「沒關係，妳來看看，是不是這瓶？」

小知繞過車頭，到了車門旁，那叔叔拿出一只酒瓶，搖晃兩下，的確也是瓶洋酒，但只剩一半。小知有些發愣，覺得和他先前說的似乎不太一樣。

那叔叔哈哈一笑，歉然地說：「啊呀，我記錯了，我朋友送我的那瓶酒在家裡，這瓶給妳好了。」

小知接過酒瓶，見那瓶酒只有半瓶，心想這怎麼和爸爸解釋呢。

「妳怕家裡人知道妳摔破酒瓶，怕他們罵妳對不對？」那叔叔聳聳肩，拉開後車門，提著小知的臂膀，溫柔笑著將她推上車：「妳不要怕，叔叔帶妳回家拿酒，再送妳回家，就沒事了。」

「咦咦？……不……叔叔？」小知尚未反應過來，便讓那叔叔推上轎車後座，那叔叔不等她答話，已然關上了門。

那叔叔快步繞到駕駛座旁，也上了車，磅啷一聲關了車門，轉過頭來一面倒車，一面和藹地朝小知笑說：「放心，叔叔家裡那瓶酒跟妳打破的酒一模一樣，叔叔送給妳。」

「謝謝你，叔叔，不必了……」小知尷尬地說，轉身去拉車門把手，門打不開，叔叔上車時就已經將車門鎖上了。

「沒關係，沒關係……」那叔叔咧開嘴笑，若說方才他出現時的笑容像是暖陽，那麼此時的笑容便像是融化了的巧克力球那般噁心。小知甚至聞到了他張嘴呵呵笑時所發出的腐臭氣味。

「叔叔，讓我下車！我要告訴爸爸，嗚嗚……」小知急急嚷著，眼淚又要奪眶而出了。

「妳爸爸……還是妳家裡其他人，不是要打妳嗎？」叔叔聳聳肩，瀟灑地轉動方向盤，轎車繞了個彎，快速駛著。

小知在後座一點辦法也沒有，她只是個九歲大的小女孩，在這種情形之下，她只能抱著洋娃娃哭，而不能像電影或是奇幻小說裡的主角踢破窗戶飛身翻出車外什麼的。

小知焦急地發抖，一會兒看看窗外，一會兒拍著椅墊，她靠到座位的最邊邊，蜷縮起身子，將紅豆抱在胸前，彷彿是自己保護著紅豆一般。

小知的耳邊轟隆隆地響著，腦袋一片空白，窗外的景色不停向後奔跑，車子微微地朝上傾，是上坡，車子往山上開。

過了一小時嗎？還是只有十分鐘？對小知而言，心中只有恐懼，她聽到叔叔輕咳一聲，不由得嚇得抖了一下，這才發現，車子已經停下來了。

叔叔開門下車，繞過車身，替她開門。小知趕緊往另一側車門爬，打開門，跳下。

逃。

「好頑皮呀妳！」叔叔高聲喊著，大步追在後頭。

小知瞪大眼睛，急促地跑，不時回頭，她的步伐太小了，叔叔的一步等於她的三、四步。叔叔像是玩弄小雞一般，張開雙臂，不時阻住了小知的去路，逼得她轉換方向。

小知不知道該往哪兒逃，地下是雜草和木枝，四周是樹木、石頭、坡壁。不遠處有一間破破爛爛的磚造老屋，小知喘著氣，轉向朝那老屋奔去。

叔叔呵呵笑了，說：「很好，很好。」邊說，也跟著跑去。

老屋的門早已腐朽敗壞，頹喪地塌倒在牆角，小知入屋，裡頭一陣陰涼，幾扇小窗透入亮晃晃的日光，有一些矮櫃子、破桌椅、木箱子隨意堆疊著。

小知無處可逃，她鑽入木桌之下，回頭一看，叔叔身影已經攔在門邊，向屋裡張望。她哆嗦地挪動身子，往木桌下更深處移動，木桌後頭併著幾個空箱子，其中一個箱子開口側對著小知。小知鑽入了那空箱子之中。

「小妹妹想玩躲貓貓，叔叔來陪妳玩，被抓到的人要接受處罰喔。」叔叔的聲音含糊不清，還伴著吞嚥口水的聲音。

箱子的木板接連之間有些縫隙，小知自一道較大的縫隙向外頭瞧，只見到叔叔一雙腿在屋內悠遊漫步。小知聽得到他那一陣一陣的猥瑣笑聲，心中驚懼極了，所幸她見不著叔叔此時的神情，否則可能會反胃嘔吐出來。

小知盡量將身子蜷縮得更小，緊緊靠在木箱子板面之上，她看看懷中的紅豆，紅豆的身軀隨著小知的臂彎一齊顫抖，小知只當作紅豆和自己一樣害怕、無助，小知身子抖得更劇烈，眼淚又要掉下來了。

「躲在哪裡呀？躲在哪裡呀？」叔叔呵呵笑著，又灌了一口酒，他打了個哈欠，伸伸懶腰，倚靠在一個櫃子旁，睨眼瞧著小知藏身的小木箱笑，他早就發現小知躲在那兒了，他故意的，只是想玩玩貓捉老鼠的遊戲。

突然一陣窸窸窣窣的聲音，一群動物鑽進了屋，那叔叔頗為驚愕，躲在木箱子裡的小知覺得奇怪，將頭湊近木箱縫隙向外看。

是一些小貓、小狗、小熊、小羊、小兔子和一隻大浣熊。這十來隻動物奔入了屋內，接著一隻大貓頭鷹飛了進來，跟在大貓頭鷹之後的是十幾隻鳥，也飛進了屋裡。

這些動物們一點也不將屋子裡頭的男人當一回事，自顧自地四處走動，似乎彼此熟識一般，不時還交頭接耳磨蹭一番。小知似乎聽得見牠們的談笑聲。

小貓小狗們鑽進箱子中；小熊躲入桌子下；小羊將身子縮在破爛門板後的陰影裡；小兔子在陰暗的牆邊窩成一團；貓頭鷹和鳥們則躲在屋頂梁柱之後。

大浣熊搖頭晃腦地走至小矮櫃前，拉開櫃門，坐進去，然後將門關上。

牠似乎想到什麼一般，又將櫃門推開，對那些在藏身處吱吱喳喳的動物們，做了個手勢，嘴巴發出長長的噓聲：「噓——」然後再將櫃門關上。

所有的動物叫聲瞬間止息，安安靜靜。

「……呵呵！還真逗，真是怪了！小妹妹，妳快出來看，這些動物好像跟我們一樣，也在玩捉迷藏耶……」那叔叔對眼前發生的情景也頗為驚愕，乾笑了數聲。

「大家躲好了沒有，暖暖進來囉，哈哈。」一聲嬌嫩清脆的女孩聲音響起，清脆聲音的主人步入屋內，那是個年紀和小知相仿的小女孩，圓圓的臉蛋透著紅暈，大大的眼睛撲撲眨閃，甜美的面容像是冬天陽光，是那種人們一見著就會想要捏她臉蛋，說「這小女生長大了一定是個美人胚子」模樣的小女孩。

那叔叔一愣，看了小女孩幾眼，一時之間還不知該如何反應。

「大家只能在屋子裡躲，不能跑出去唷！」小女孩咯咯地笑，見到屋子裡的叔叔，略頓了頓，卻不理睬他，自顧自地四處探找，一下子就找到了躲在門後的小羊，小羊咩咩叫了一聲，在女孩臂彎中蹭了兩下，然後跟在女孩的屁股後頭走。

「這位……小妹妹。」那叔叔嚥了口口水，似乎不怎麼在意躲在木箱中的小知了，反而將全部的注意力，都集中在這名和動物們玩捉迷藏的小女孩身上。

「妳叫什麼名字？」叔叔神情一下子和藹許多，將臉上數萬個毛細孔中滲出的下流猥褻，一下子又全吸了回去，在這當下，他又恢復了忠厚親切的鄰家大叔叔模樣。

小女孩聽到問話，便笑著答：「我叫暖暖，是天氣永遠很暖和的意思。」

「暖暖……好可愛的名字……」那叔叔眉開目笑地，伸手摸了摸暖暖紅潤的小臉蛋，不由得又吞嚥了一口口水，那光滑彈嫩的觸感使他心跳一下子快了許多，呼吸也沉重了些。

「暖暖，妳一個人在這邊玩嗎？」那叔叔眼睛裡閃爍著奇怪的光芒。

「不只我一個人，還有很多朋友！」暖暖大聲回答。

「啊——」那叔叔似乎頗為失望，卻還不死心地問：「妳朋友都在哪啊？」

「好多啊，屋子裡屋子外都有。」暖暖指著屁股後頭的小羊，天真地說。

那叔叔眼睛又亮了起來，急急地問：「妳說的朋友是這些動物嗎？」

「暖暖，妳在跟誰說話？」又一道聲音響起，一名年輕女子走進來，倚在門邊問。

那叔叔像是拉屎被人推開了門一般，一下子彈退好幾步，笑容僵硬地看著站在門邊的年輕女子。

年輕女子見那叔叔一臉心虛、舉止鬼祟，有些疑惑，又問：「暖暖，妳跟他說話，妳認識他嗎？」

「我不認識，叔叔問我話，我回答。」暖暖笑著回答。

那叔叔連連搖手解釋：「不不……我來這裡散步，看到小妹妹很可愛，和她說說話，呵，真是可愛啊。」那叔叔這樣說時，還作勢想摸暖暖的臉，但伸手到一半，不知是心虛還是怎麼樣，改為拍拍暖暖的腦袋。

那叔叔又說了些不著邊際的客套話，邊說邊往外頭走，出了屋子後就像是受驚的兔子，三步併作兩步地逃了。多年之後的小知，知道這類只會欺負年幼女孩的人的習性，他們就像躲在陰溝裡的老鼠，猥瑣且不敢見天日，跟一灘腐臭爛泥沒有兩樣。

但此時的小知想不了那麼多，她蜷縮著身子，仍然害怕那到了屋外的叔叔或許還會進來，直到她聽見外頭那叔叔的汽車引擎聲發動，車開走了，這才感到放鬆些，但不過她依舊不敢出去，儘管外頭歡鬧笑聲讓她好羨慕。

小知偷偷湊著縫隙向外看，那大姊姊好美，頭髮是褐紅色的，一綹一綹地隨風飛揚，好似迎風花朵，暖暖的笑容仍是那樣的燦爛，她蹦蹦跳跳地四處翻找，抓出一隻一隻可愛動物，捧在懷中說話，湊上臉蛋親吻。

小知覺得外頭的暖暖和動物們，是那樣的歡樂開心，彷彿有一股暖洋洋的風自她們圈圈中央向外吹拂，讓每個被風拂過的人們都笑顏逐開。

小知也希望像他們一樣開懷地笑，暢快地大叫，她很久很久沒有笑過了，每次大叫，都是和那些臭男生打架時吼叫著罵髒話。她幾乎忘記了什麼是快樂。外頭熱鬧哄哄的捉迷藏遊戲，讓小知好羨慕，也好自卑。她覺得暖暖像是春天陽光，那大姊姊是美艷花朵，而自己，像是一隻死掉的小狗、小雞什麼的，一出去，只會破壞氣氛，讓大家快快而逃。

「紅豆，妳看，她們好開心、好快樂……」小知輕輕捧起紅豆，用蚊蠅般細微的聲音對著紅豆耳朵呢喃，她讓紅豆也瞧瞧外頭。當她再次看到紅豆脫線的鈕釦眼睛時，又難過地紅了眼眶，卻不敢哭出聲，只能小小聲地抽噎。

外頭的吵鬧聲漸漸止息，暖暖找到所有的動物，那隻大浣熊似乎不服輸，賴在矮櫃裡頭不出來，拖呀拉地好不容易將牠給揪了出來，隨後大家打打鬧鬧地都跑到屋外去。

小知畏畏縮縮地探頭出來，她依稀聽見屋外的嬉鬧聲音，拍拍沾滿沙土的膝蓋和褲子，頓了頓，她準備離開。

大浣熊搖搖擺擺地走進屋，鼻子發出呼嚕呼嚕的聲音，用爪子搔癢。

小知怔了怔，這才注意到那大浣熊走起路來就和人一樣，用兩隻後腿一前一後地走。小知見那浣熊雖然身形頗大，站起來幾乎要到她胸前，但不知怎地，她仍然想伸手摸摸牠，她也想像那叫作暖暖的小女孩那樣和動物們玩耍。

小知走了過去，大浣熊停下搔癢的動作，一動也不動地看著小知。小知向大浣熊招招手，見大浣熊不理睬她，便又靠近了些，伸手去摸大浣熊的腦袋。

那大浣熊鼻子噴了噴氣，竟對著小知伸來的手狠狠咬了一口，小知的小手登時多了一排齒痕，滲出了血。

「呀！」小知尖叫一聲，又是疼痛又是驚嚇，捧在懷中的紅豆一個不穩，落了下地。大浣熊一口叼住紅豆，抓在手上左右看了看，接著一溜煙往外頭跑。

小知急得追了出去，她還不知道這種動物叫作浣熊，只能隨口亂喊：「臭傢伙，把娃娃還我……把娃娃還我，臭傢伙！」

追出了屋，外頭嬉鬧的動物們都停下了動作，看著小知和浣熊在空曠的地上追逐。

那浣熊動作好快，一下子往這兒奔，一下子往那兒跑，跑得遠了，便停住不動，回頭看著小知。小知急急追著，淚眼汪汪地看著其他動物，眼光和暖暖對上，心中一酸，腳下絆在一塊小石上，重重摔了一跤。

小知涕淚掛了滿臉，忍著疼痛掙扎起身，只見浣熊仍然抓著她的紅豆，遠遠地看著她。小知連連伸手抹眼淚，不停喘著氣，小小年紀的她，心中是無盡的哀痛，只覺得全世界沒有一個人喜歡她。

「怎麼了，黑眼圈，怎麼會有一個小妹妹？你為什麼欺負她？」那年輕女子本來坐在樹下，此時幾步走來，一把揪起了那大浣熊後頸，將牠拎了起來。大浣熊胡亂掙扎，突然開口說起話來：「誰叫你們都欺負我，不跟我玩！」四周的動物都叫起來，汪汪喵喵哞哞咩咩吱吱喳喳咕咕嘰嘰呱呱地響成一片，幾個長著翅膀的小妖精鼓起嘴巴指著大浣熊罵：「明明是黑眼圈每次都賴皮，輸了又不認輸。」、「是黑眼圈不對！」

小知還抽噎著，她的心裡難過，被咬破了的手和跌破了的膝蓋又痛又麻，她沒那心思去想為什麼浣熊會說話，八歲的她並不在意這些，她更在意她的紅豆，她哽咽說：「把娃娃還給我……那是我的娃娃……嗚嗚……」

那大姊姊歪頭看著那叫作黑眼圈的浣熊，問牠：「你拿了人家的娃娃？」

黑眼圈連連搖頭：「沒有才沒有。」

「明明你就抓著！」、「還說沒有，愛說謊的傢伙！」小妖精們在天空飛著，四處旋繞，指著黑眼圈說。

黑眼圈還要辯駁，雙腳胡亂蹬著，氣鼓鼓地說：「花姊姊，放我下來，這娃娃是我的。」

「不對！娃娃是我的，是我媽媽做給我的——」小知叫著。

黑眼圈緊緊抱著娃娃，朝小知吐口水：「妳騙人，娃娃是我的。妳說娃娃是妳媽媽做的，妳要怎麼證明，妳叫妳媽媽來啊！」

「哇——」小知聽了黑眼圈的話，嚎啕大哭起來，她仰著頭，眼淚劃過了沾染沙土的臉頰落下，她嘴巴張得好大，嗚嗚啊啊的聲音往天上竄，卻無法拔得更高，無法穿過雲層，飛上天堂，無法讓她的媽媽聽見。

那大姊姊哼了一聲，在黑眼圈腦袋上敲了一下，搶過娃娃，扔下黑眼圈，走到小知身前，牽著她的手，往屋子裡頭走。

小知接回了紅豆，仍抽噎不止。大姊姊牽著她到牆邊坐下，拍了拍她的臉，替她拭去眼淚，問她：「告訴姊姊，是不是黑眼圈，就是那隻胖嘟嘟的浣熊欺負妳了？」

「牠咬我……」小知舉起右手，手掌上的齒痕仍清晰可見。

「臭黑眼圈……」大姊姊輕輕拂著小知掌上的齒痕，在上頭吹了兩口氣，剎時那齒痕變小了些，血也不流了。

「牠還搶我的娃娃……」

「待會姊姊替妳教訓牠。」那姊姊又朝小知的手掌上吹了兩口氣，齒痕更小了些，但她此時卻發現小知除了手掌上的齒痕，還有好多好多的傷疤，她的雙腿、手臂上，都有著一條條的疤痕。

「這些是被誰打的？」那姊姊問。

「被爸爸打的……」

「爸爸為什麼打妳？」

「因為我做錯事，惹他生氣，他就會打我……」

「那妳媽媽呢？妳媽媽也打妳嗎？」

「不……我媽媽……很疼我……她不打我，她……她……」小知又猛擦起眼淚，剛抹去一道淚水，馬上又流下來，「媽媽死掉了……她生病……嗚嗚，很想她……」

「嗚嗚……紅豆被他們弄壞了，他們把她丟在地上踩，踩得好髒……腳破掉了，眼睛也壞掉了……紅豆一定很痛，她一定很痛……很痛很痛……嗚嗚……紅豆……」

那大姊姊將小知摟在懷裡，只覺得小知的身子一陣一陣地發顫，窗外的陽光透入，映在小知雙腿上，她腿上一道道疤痂猶如印記，記載著細碎的悲傷。

大姊姊擁著小知，閉上眼睛，彷彿能夠看見小知心中的悲傷如藤蔓遍布，捆住了小知整個人，捆住了她心裡的窗子，人打不開窗，心透不進光，沒有光的滋潤，只能漸漸地枯朽萎靡，像是發了霉一樣。

「不要哭。」大姊姊一把將小知拉起，摟著她緩緩騰空，小知聞到了清新的花香味，看到了四周飛旋著五色花瓣。

花瓣綻放著光芒，在小知身上旋繞飛轉，她覺得身上幾處傷疤漸漸不痛了。

「跟我們一起玩，快快樂樂地玩，好嗎？」那姊姊拍了拍小知的頭，將小知臉上的淚痕都抹去。

「嗯……」小知吸吸鼻子，不知道該如何回答，她害怕地問：「大家會跟我玩嗎？」

「當然會。」大姊姊摟著小知，輕盈地往門外踏。小知感到身子輕飄飄的，低頭見那姊姊的腳步踩在空中，像踏著風一般地前進。

出了門，招呼一聲，動物們、小妖精，全圍了上來，小知怯生生地和大家說了自己的名字，小妖精們也紛紛自我介紹，動物之中有一半左右會說話，他們將小知團團圍住。

「我叫暖暖，很高興認識妳，這個送給妳。」暖暖依舊笑得那麼燦爛，將一圈用花葉與核果串成的花冠，掛在小知的頸子上。

「我叫咩咩……我還不太會講人說的話……」小羊這麼說。

「我是熊，唔呵呵。」跟小知一樣高的小棕熊這麼說。

動物們蹭了上來，小知在小棕熊腦袋上輕撫了一下，柔軟的毛搔得小知的掌心癢癢的，小棕熊整個身子都撲到小知身上，在她身上亂蹭一通。

小知呵呵笑了。

更多的動物簇擁上來，在小知身旁圍繞、蹦蹦跳跳，大家排列成隊，往山的更深處走。一路上動物叫聲不斷，一聲一聲聽起來都像是在笑，大夥兒每每經過那些長有果實的樹下，便開始起鬨，小棕熊雙掌按著樹幹，那些小松鼠、小猴子會一隻一隻地跳上小棕熊的背，疊羅漢般地摘下果實，往同伴們拋去。

到了山頂時，大夥們捧著很多水果和鮮花，聚在一處空曠的草地，小妖精們帶著動物四處尋找木枝，小知覺得腿瘦了，便蹲坐在一棵樹下。她已經和暖暖很熟了，兩人聊了許多話，她和暖暖說電視上那些明星；說漫畫書裡的情節，暖暖大都不懂，不停問著「那是什麼？那是誰？」而暖暖說的小知更不懂了，暖暖說，在這山上，在許多山上，都有妖精，有花兒的妖精；有動物的妖精；有火的妖精；有水的妖精，就連雪都有妖精。

小知從來沒見過雪。暖暖說自己就是雪的妖精，見小知不信，鼓起嘴巴朝天上吹口氣，那是陣冰涼的風，在那陣風中，小知生平第一次看見雪花，那些六角形、形狀規律而美麗的雪花，在夕陽橙光照耀之下，閃耀著炫目的光芒，小知伸手去接，手指尚未觸及雪花之時，雪花就化了。

「媽媽說，雪花是天使的眼淚。」暖暖這麼和小知說。

「妳這麼漂亮，妳媽媽一定也很漂亮。」小知說。

暖暖大力地點頭：「我媽媽很漂亮沒錯，但我很久沒有見到她了，我出來玩，已經很久沒有回家了。」

小知有些驚訝，不解地問：「為什麼不回家呢？妳爸爸也會打妳嗎？」

暖暖搖頭：「我沒有見過爸爸，我媽媽已經不在了，她融化了。」

「融化？」小知和暖暖雞同鴨講了一番，不得其解，只能隱隱知道，暖暖在比現在更小的時候，就離開了生長的地方，那裡似乎是與世無爭的仙境，但也瀰漫著濃重的哀傷氣息。

隨著天色轉暗，星星出現，動物們聚積了更多的柴，升起了火，小知見到火的妖精在柴堆上跳舞，動物們手牽著手，在火堆外圍了好幾圈，跳著滑稽奇怪的舞，小妖精們鼓動著翅膀，在天空中漫舞。

小知笑得嘴巴都發痠了，小棕熊和她說了很多有趣的事，尤其是那隻玩遊戲時常賴皮的浣熊的一大堆事蹟。

「黑眼圈是賴皮鬼。」小棕熊這麼說。許多妖精和動物紛紛附和。

那隻浣熊——黑眼圈在一旁聽了，跳起來，胡亂蹦著，揮著手說：「放屁，我才不賴皮，賴皮的是你們。」

但動物們立即舉出黑眼圈的種種賴皮情事，要小知評判。黑眼圈被大夥兒交相指責，生氣了，跳腳繞到一棵樹後，只聽到嘩的一聲，走出來的是一個拿著獵槍，滿臉大鬍子的獵人。

小知這才知道黑眼圈是隻能夠變身的浣熊。

動物們一擁而上，將黑眼圈化身成的獵人壓倒，要拔他的鬍子，脫他的衣服。黑眼圈又一變，變成了花姊姊的模樣，伸手打每一隻動物的嘴巴，然後翻個跟斗起來，和大家吵嘴，亂吐口水。

一直在石上替小知縫補紅豆的花姊姊，見到黑眼圈變成她的模樣耍蠻，這才氣惱起來，嘿的一聲伸手將黑眼圈的耳朵擰轉了半圈，逼得黑眼圈變回原形。黑眼圈嗚嗚哭了，說大家都欺負牠一個，獨自鑽到了樹洞裡頭，發出一陣含糊不清的鼻涕聲。

柴堆上的火精靈舞動得更加熱烈，焰苗燃到了好幾公尺高。

在紅艷火光之下，花姊姊將紅豆還給小知，小知接過紅豆，只覺得紅豆看來比原先更好、更乾淨，甚至更快樂了。

小知高興得要哭了，抽噎幾聲眼淚又要滴落下來，花姊姊哈哈一笑，捧著小知的臉輕輕搖晃，說：「別哭別哭，我跟妳說……」

花姊姊邊說，拉著小知的臂膀，兩人一起坐到樹上，又向小妖精要了一顆水果，讓小知吃。

「人們總會哀傷，哀傷時會哭泣。妳可以哭泣，但不能依賴哭泣。妳可以在哀傷時哭泣，但妳得做些什麼，讓自己別老是那麼哀傷。」花姊姊在小知將水果吃到一半時，這麼和她說。

小知似懂非懂地點了點頭。

「我也是這麼和暖暖說的。」花姊姊指著底下的暖暖，暖暖仍然大聲笑著，和幾隻動物玩著鬼抓人的遊戲，暖暖無時無刻都洋溢著快樂。

「她從來沒有哭過。」花姊姊這麼說。

「暖暖在還是小貝比的時候也沒哭過嗎？」小知不敢置信地問，她也曾見過親戚的小嬰兒，無時無刻都在嚎啕大哭，肚子餓了也哭；尿褲子了也哭。

「這我就不知道了，但暖暖和我們在一起時，從來沒有哭過。」花姊姊輕輕拂著小知的髮，替她解開了凌亂的麻花辮，仔細地梳理，再重新綁起。

「暖暖是雪妖精，雪妖精是受到詛咒的妖精，她們的生命不長，在二十歲生日那一天，就會消失。」

小知低呼，問：「消失……就是死掉？」

花姊姊點點頭說：「其他的雪妖精，大都悶悶不樂，或是陰森森的。她們每天都在計算自己剩下多少日子，時常跟所有的妖精述說她們悲慘的命運，她們想將自己的悲傷，傳染給所有的妖精，想讓大家和她們一起悲傷。」

「但是暖暖的媽媽不這麼想，她教導暖暖要快樂，要勇敢，要對別人好。」花姊姊頓了頓，說：「所以暖暖從來沒有哭過，她是我見過最快樂、最善良的雪妖精。我們每天在山裡玩耍，結交新的朋友，我們看太陽從山谷出現，然後落下，我們在河邊玩水，一起唱歌，下雨的時候，大家會擠在山洞裡取暖。」

「我也好想和暖暖一樣。」小知聽得悠然神往，將水果吃完，還吸吮著果核的汁液，她說：「我也好想和妳們一起玩，我想加入妳們。」

「但妳是人類。」花姊姊拍拍小知的頭說：「人類不能和妖精一樣每天玩耍，人類有自己的事要做，妳得回到自己的家，過自己的生活。」

小知失望地低下了頭，好半晌才說：「但是我早上沒有回家，再回去，爸爸會打死我……」小知從來也沒有逃家過，這一次，她和新朋友們一口氣在外頭玩到了深夜，連早餐和爸爸交代的酒都沒帶回去，她不敢想像若是此時回家，爸爸會是如何的生氣。

「妳不要擔心，我們來想個辦法，讓妳爸爸再也不打妳。」花姊姊自信滿滿地說，接著她領著小知，躍下了樹，拿了好幾個果子，兩人一齊走向樹洞。

樹洞裡頭窩著的是黑眼圈，那隻哭累就睡著了的浣熊。

「牠是不是常常哭啊？」小知這麼問。

黑眼圈突然睜開眼跳起來，連連搖頭說：「誰說的，我才不哭呢。我最勇敢了。」

花姊姊拍了拍黑眼圈的腦袋：「我們需要最聰明的黑眼圈幫我們一個忙。」

黑眼圈眼睛亮了亮，問：「妳們要最聰明的黑眼圈幫什麼忙？」

□

巷子裡的寂靜讓小知心中害怕，她一步一步地往前走，不安的感覺在她心中蔓延滋生。

花姊姊跟在她的背後，和幾隻飛竄的小妖精交頭接耳地講話。黑眼圈懶洋洋地蜷窩在花姊姊的懷裡撒嬌。花姊姊將黑眼圈放下，說：「好了，你跟著小知吧，你別搞砸啦，最聰明的黑眼圈。」

黑眼圈聽花姊姊誇讚牠，翻了個跟斗落地，跑了兩步，拉著小知的手就往巷子裡跑，神祕兮兮地在小知耳邊說：「小知，妳害怕嗎？我跟妳說，妳不要怕，最聰明的黑眼圈會保護妳。」

「可是……我爸爸很兇……」小知這麼說。

黑眼圈哼的一聲，吸了口氣，蹦跳一下原地轉身，又變成那個手拿獵槍的剽悍獵人，拍拍胸脯說：「有我現在兇嗎？」

小知噗嗤笑了出來，說：「我爸爸會報警抓你。」

黑眼圈又變回了浣熊的樣子，跟在小知屁股後頭搖頭晃腦地走，手裡還拿著一張照片，歪頭歪腦地瞧，牠回答：「呵呵，才不會呢。」

小知和黑眼圈踏入了那令她感到不安的公寓，一層層往上走。她悄悄地插入鑰匙，開門。

「妳跑到哪裡去了——」爸爸的吼聲爆裂開來。

小知大大地顫了一下，只瞥見客廳地上散落著破碎的簽賭彩券，和滿地的空酒瓶。

爸爸眼睛布滿血絲，大口喘氣，在客廳中暴怒問著：「妳跑到哪裡去了？」

「我……我和朋友出去玩了……」小知顫抖地這樣回答。

「什麼——」爸爸似乎不敢相信自己的耳朵，他大喝一聲，先是看看時鐘，已經是凌晨時分了，接著他暴躁地在桌腳邊找著了藤條。

「哇——」小知尖叫一聲，後退著撞上陽台圍牆，但仍鼓起勇氣，大聲喊出了花姊姊要她說的話：「你要是再賭博、再喝酒，我就再也不回來了！」

「他媽的，是誰教妳說的！」爸爸怒吼震天，衝到了紗門前，高舉的藤條伴著恐怖的抽動聲朝小知臉頰揮去。

「他媽的，是我教她說的！」一隻手抓住了藤條。

「幹，是誰？」爸爸仍然是暴怒的，但一瞬間，他的暴怒轉變成極度的驚訝，接著是害怕，他後退了兩步，倒坐在地上，身後便是那堆香灰，香灰上還散落著一堆能夠組合出各種數字的殘香腳。爸爸口齒顫抖，好不容易迸出了兩個字：「老爸……」

小知的爺爺歪著頭，手上還抓著那藤條，跨步進了屋，雙手交叉站成三七步，瞪視著小知爸爸。小知佇在陽台，看著爺爺的屁股上還掛著一條尾巴，搖擺晃蕩，那是黑眼圈的尾巴，爺爺是黑眼圈變成的，小妖精事先飛入家中拿了爺爺的相片，加上小知憑著印象口述，黑眼圈便活靈活現地偽裝成了爺爺。

「老爸……您怎麼上來了……」小知爸爸顫抖地問。

「臭小子，聽說你常常打你爸我的孫女是吧？」爺爺咧著嘴說。

「不……不……」爸爸連連搖頭說：「是她不乖，我才教訓她……她年紀這麼小，這麼晚才回家……」

小知不知道爺爺活著的時候有沒有罵粗話的習慣，便將爸爸平時罵的粗話都和黑眼圈講。這時黑眼圈便這麼說：「他媽的！王八蛋！她是跟她爺爺出去玩，這是不乖嗎？是不是你叫她去替你買酒的！」

黑眼圈本來就有變化人形的本事，平時沒和伙伴們玩耍的時候，最喜歡變成人樣騙吃騙喝，此時操起罵人口吻，也罵得很有那麼一回事。

「不是……不是……」爸爸哭喪著臉否認。

「還說謊！」

「是……是我不好……」

爺爺哼了一聲，看看四周，甩了甩手上的藤條，然後丟下，從屁股後頭抽出了另一根藤條，上頭還帶刺，那是荊棘。爺爺說：「我得好好地教訓你。」

「啊啊！」爸爸掙扎起身想要逃跑，突然外頭一聲雷轟，閃亮亮地將爸爸又嚇得倒坐在地，在一閃一閃的雷光之中，爺爺的眼睛發出憤怒的光芒。爸爸不敢再亂動了。

「小知，去睡覺吧。」爺爺轉身朝小知做了張鬼臉。

小知儘管知道爺爺是黑眼圈變的，但也被妖精們合力演的這齣戲震懾了，急急忙忙地跑回房，關起門，抱著紅豆跳上床鋪。

門外傳來爸爸的求饒聲，和一聲一聲的鞭打聲音。

「敢不敢再賭博了？」

「不敢了不敢了……」

「敢不敢再喝酒了？」

「不敢了不敢了……」

「敢不敢再亂發脾氣，再亂打小知出氣了……」

「不敢了不敢了……唉，我也是為她好，怕她學壞……唉呀！」

「還嘴硬，那我現在也是為你好，為你好，為你好！」

「唉呀！唉呀！唉呀！」

「……」

「……」

□

黑夜過去了，一切好似夢境。

小知讓一陣轟隆隆的拍門聲給驚醒，在尚未完全清醒時就聽見了爸爸的叫罵聲：「小王八蛋，妳要睡到什麼時候，還不起床。」

「好……好……」小知趕緊下床，開門要準備買早餐，讓她驚訝的是，餐桌上已擺放著豐盛的早餐，是稀飯、荷包蛋、土豆麵筋和豆腐乳。

爸爸坐在餐桌邊看報紙，一隻腳不停地抖，小知見到爸爸腿上和手臂上都是一條一條的鞭痕，心中一驚，這才完全清醒了，記起昨夜所發生的事。

「看什麼看，還不吃早餐，吃完了去買東西。」爸爸大聲這麼說，又將一張鈔票重重拍在桌上，是張一百元。

「買幾罐？」小知大口扒著飯，覺得熱呼呼的稀飯好吃極了，她挾著荷包蛋和麵筋配飯吃。

「幾罐個屁，去買雞蛋。」爸爸瞪了小知一眼，又說：「冰箱雞蛋沒了。」

「唔。」小知點點頭。

爸爸大力翻著報紙，有些坐立難安，像是有一肚子的話想講，卻又不知該如何起頭，他惱怒地用手指叩著桌面，這才說：「臭丫頭，小王八蛋，妳真是讓我傷心，妳知不知道，我是為了妳好，才打妳罵妳，妳去外面找個陌生人，看看他會不會打妳罵妳……」

小知點點頭，唯唯諾諾地說：「我知道……」

爸爸看著小知的眼睛，愣了愣，低下頭，喃喃地說：「不過妳爺爺說的也有道理，教小孩也要有教小孩的方法……我可能用不對方法了……」他邊說，邊摸自己的小腿，被荊棘抽打的痕跡猶在，仍然火辣辣地痛，爸爸啐罵了一聲：「他媽的，妳這小王八蛋是上哪找到妳爺爺的。」他罵完之後突然笑了，他見到小知挾麵筋時，也不自覺地抓著膝蓋上的一塊疤。

小知從未吃過這麼久的一頓早餐，爸爸和她說了很多的話，有時罵她笨，怎麼都教不會，有時罵她考試考不好，偶爾也講些往事。

儘管責罵居多，但小知心中的害怕卻不若從前那般強烈了，她仔細地傾聽，且會開口應答，她覺得此時的爸爸不像以往單純是發洩憤怒，而是在和她談天。

在爸爸重新拾起報紙就業版翻看時，小知握著百元鈔票開門下樓，此時她的心裡充滿了五味雜陳的感受，她也有許多話想和爸爸說，她終於瞭解到媽媽死後，爸爸心中的掙扎和痛苦，她很想大聲地說：「請你不用擔心，我會當個乖孩子的。」

小知步出公寓，穿過公園，往雜貨店走去。這才發覺自己忘了帶那形影不離的紅豆。儘管只是買雞蛋這樣的小事，她終於覺得自己此時正認真地做一件家事，而不只是苟延殘喘地過日子了。

她買了一袋雞蛋，想起花姊姊，想起小棕熊，想起黑眼圈，想起暖暖，心中有些難過，覺得自己再也不能見到他們了，然後她聽見了哭聲。

是個小女孩的哭聲，她見到一個六歲大的小女孩，讓一位中年男人拉著手，要往車裡拖，中年男人就是昨日那個將小知載到山上去的那傢伙，他朗聲笑著說：「不哭不哭，乖喔，爸爸帶妳去百貨公司。」那小女生年紀小，幾乎是讓那男人拎著走。

小知聽見了那小女孩說「你又不是我爸爸」的時候，就知道是怎麼一回事了，那個爛人又在使用下流的招數，欺負小女孩。

遠處有幾個男孩遠遠瞧著，是那個臉上長有胎記的臭男生和他的伙伴們，男孩們還不知發生了什麼事，他們先是見到小知走來，計畫要如何捉弄她，正要付諸行動之際，卻見到小知掏出了袋裡的雞蛋，狠狠砸在那個中年男人臉上。男孩們都傻了眼。

「這個人是壞人，這個人是壞人！」小知不知道哪裡來的勇氣，鼓足了全部的力氣喊叫，接著她甚至拉著那中年男人的手，狠狠咬了下去。

那中年男人在認出小知是昨天的小妹妹時，已經察覺到公園裡做體操的阿公阿嬤，漸漸地往這兒聚來，他驚怒焦急地甩動著手，卻甩不開小知，接著他放開那六歲大的小女孩，揮著巴掌打小知腦袋。

小知瞪大眼睛，覺得腦袋被打得疼痛得要命，但她沒有哭，而是將一袋雞蛋全甩在中年男人的臉上。中年男人覺得眼睛一疼，似乎是被蛋殼扎到了眼睛，他伸手胡亂抹著臉，臉上蛋汁淋漓，什麼也看不見。

「妹妹妳不用怕，姊姊保護妳！」小知像是將那小妹妹當成紅豆一般，昨天她無法保護紅豆，今天她豁出去了，昨日的她心中只有滿滿的陰鬱，碰上小男生騷擾也只會生出氣憤而已，而今日，她的心中充滿了以前所沒有的勇氣。

她掄起拳頭狂毆那中年男人，說是狂毆，打在中年男人身上其實不痛不癢，但那中年男人眼睛進了蛋殼，疼得眼淚狂流。

「小知，這個給妳！」

小知回頭，是暖暖和黑眼圈，暖暖遞來一根木棍。小知接了，還聽見黑眼圈扯著喉嚨叫：「打他的雞雞！」

「對！」小知想起了在漫畫、電視劇裡常見到的對付壞男人的方法，她揮動木棍，像是打高爾夫球那樣，直直擊中那叔叔的兩腿之間。

那叔叔嗷了一聲，倒地不起。圍上來的人更多了，那六歲大的小妹妹倒是很多話，邊哭邊述說著這叔叔自稱是她爸爸，硬拉著她走的事。

公園裡的阿公阿嬤將這中年男人圍了起來，想來他是跑不掉了。在眾阿公阿嬤完全搞清楚來龍去脈，想要找出這勇敢的女生之時，小知和暖暖已手牽著手，早早溜走了。

「小知，妳好大膽，妳怎麼敢打大人啊？」那群小男生追了上來，遠遠地問著。

「因為他是壞人，他在做壞事。」小知回頭，回答得理所當然。

「要是妳跟我們打架，妳也會那樣打人嗎？」臉上生了青色胎記的小男生這麼問，他褲袋裡還放著兩隻用衛生紙包著、準備要放進小知衣服裡的死蟑螂，他見到小知手上還拎著那根木棍，似乎有些忌憚，他們幾個小男生聽見那叔叔被木棍正中雞雞時發出的那聲「嗷」，憑著男生在這方面的敏銳度，都知道那有多痛。

「不知道……他是壞人，所以我才那樣打他。」小知這麼說，然後不理睬那些男生了，她沒聽見那些男生在她背後窸窸窣窣說些什麼，只是在很久以後才突然想起：咦，怎麼他們都不找我麻煩了呢？

「呵呵，小知，妳好勇敢，打得真大力！」暖暖仍然笑得好燦爛，她不停轉著圈圈，陪伴小知走向回家的路，她說：「我要跟大家說，小知很勇敢，敢打壞人。」

「暖暖比較勇敢。我……糟糕，我把雞蛋都打破了……」小知在進入自家公寓的巷子口時，放緩了腳步，她又不敢回家了。

「放心放心，妳爸爸不敢打妳的。黑眼圈會時常找妳說話。」暖暖說。黑眼圈也興奮地說：「對啊對啊！妳爸爸敢打妳，我就打死妳爸爸！」

小知呵呵一笑，這才說：「不行啦……」

更多的動物都來到了巷口，牠們其實都是妖精，踩踏著輕柔的腳步，身子在晨光照耀之下反射出柔和的光芒。有隻小母雞搖搖晃晃走來，一句話也沒說，屁股一翹就噗嗤生出一顆蛋。

小知訝異極了，趕緊伸手去接，接了滿懷的蛋。

「小知，要記得我說過的話……」花姊姊這時也出現了，她摸了摸小知的頭髮，取出一個繡著花朵圖案的袋子，替小知將雞蛋裝入，說：「勇敢，要勇敢。難過的時候若是哭了，也要記得將眼淚擦乾，勇敢地往前走。」

小知和妖精們道別，她帶著滿臉笑容，拎著一袋又大又白的雞蛋，轉入自家公寓。

三月的陽光灑下，從窗子射入每一層的樓梯間，不再那麼冷了，不再那麼陰鬱了。小知開了家門，一面脫著鞋子，一面從陽台鐵窗向下望的時候，巷子裡一如往常的寧靜，花姊姊他們已經悄悄地走了。小知一遍又一遍地在心中重複著她往後時時惦記著的信念：「我會勇敢。」

〈小知不哭〉完

賊神爺爺

夜空堆滿滾滾濃雲，像墨一般黑，透不出一丁點星月光芒。

阿善彎著腰，單手撐在巷角旁一根電線桿上，大口地喘氣，濕汗黏膩了他整個背頸。

他像一隻豎著滿身毛的貓，看看後頭，沒人追上來，很好。

他彎下腰，握拳拉弓，做了個激勵鼓舞自己的動作，接著掀開外套，取出外套內襯口袋中那只皮夾——他偷來的。

三個月前，當他在一家大賣場內的投幣置物櫃退幣口內無心發現一枚遺落的十元硬幣後，就開始養成檢查置物櫃門內面退幣口的習慣。

他時常穿著高領大衣或是任何能將領子豎起來的襯衫、外套之類的衣物，戴著壓低了帽緣的帽子，去各賣場閒逛，佯裝成漫不經心的樣子，順手揭開那些置物櫃門，在極少數的時候，他會發現賣場客人遺留在退幣口中的十元硬幣。

他當然不只摸硬幣而已，在他給自己開出的業務清單中，條列出來的業務範圍可真不小，上至「潛入民居搜刮財物」、「在人群之中摸取皮夾」，下至

「檢查自動販賣機退幣口」、「在賣場裡飽餐一頓」等……簡而言之，他是一個小偷，一個技巧極為低劣、效率極低的小偷。

這晚，當他在賣場隨手拉開置物櫃門，欲檢查有無遺落的零錢之際，無心拉開了一扇本來應當鎖上的門，想來是投幣人沒將門鎖好，又或者是鎖壞了，總而言之，裡頭是有東西的——幾個裝著物品的塑膠袋以及那只鱷紋皮夾。

他在極短暫的茫然之後，取走了皮夾，放入外套內袋，然後轉身就走。當他踏出賣場那一瞬間，他開始奔跑，直到再也跑不動了，這才停下，回想整個事發經過。

他捧著那只鼓脹脹的鱷紋皮夾，雙手不由得有些發顫，又看看左右。他感到口乾舌燥，用最快的速度將皮夾打開然後闔上，藉著視覺暫留來確認皮夾之中的鈔票有一整疊那麼多，是他半年以來，幹到最大的一票，儘管他在奔跑之時就已經看過皮夾一次了，此時再看，情緒仍是那樣的興奮、驚喜和慌亂。

「老天，我要出頭天了！」阿善感動得哭了，他抹抹眼淚，再度深吸口氣，自皮夾中取出一張千元大鈔。他決定要大肆慶祝一番。

半個小時之後，他提著一大袋的食物和一大袋的酒回到租屋處。他打開燈，他居住的地方是一間五坪大的小套房，有床有冰箱有電視，算得上五臟俱全。

出獄之後，他在這小小的租屋處度過了兩個冬天和一個夏天。

他低聲歡呼著，踢開腳邊的垃圾、瓶罐，再大手一撥，掃去小桌上的雜物，將兩大袋物品放在桌上，一樣一樣取出。

一共是十二罐大小不一、品牌各異的啤酒，和六瓶不同口味的氣泡酒，下酒菜則是兩大盤滷味和鹽酥雞。

他想這麼吃一頓已經很久了。當他偶爾買了幾罐啤酒，想配些下酒菜時，總要費神思考很久，在滷味攤前算著手中銅板，買了雞屁股就不能買雞胗，買了雞胗就不能買豬耳朵。

很想有那麼一次，能吃得痛快、喝得痛快。

「終於實現了……」阿善搓著手，將免洗筷的塑膠套揭下，正要開動。突然有些心慌，一股罪惡感在他體內衝撞。

他趕緊又取出了那只皮夾，高舉過頂拜了幾拜，這才將皮夾好好地檢視一番，裡頭有六萬三千元的現金，和許多名片、卡片等。

「幹，這傢伙比我還小一歲，他媽的就當上經理啊！」阿善捏著那皮夾主人的名片，嘴裡喃喃唸著，莫名的不滿和妒忌油然而生，像是一記迴旋踢，將「罪惡感」踢飛到九重天外。

他噘著嘴巴，將自己那瘦扁破爛的皮夾取出，兩相對比，更顯得寒酸，他哼了一聲，將鱷紋皮夾裡頭那些名片、證件全清理出來，扔在桌上一角，將自己的證件放入鱷紋皮夾，又將自己皮夾內那僅剩的兩百多元，也一齊編收進鱷紋皮夾的六萬元大軍裡，他將這皮夾當作是自己的了。

他打開床頭邊小櫃的抽屜。這五坪大的套房中，也只有這只抽屜是乾淨整齊的，裡頭放著兩本冊子。

他坐在床頭，取出第一本冊子翻看，裡頭貼滿了剪報，分成兩個部分，大都是些犯罪新聞剖析，知名的搶劫、偷竊的刑案報導等等，一旁有些密密麻麻的小字，是阿善加註的心得感想；另一部分的剪報則都是一些知名的黑幫領袖或政經名人，或者是二者合一，這些人是阿善的偶像，是他努力不懈的目標。

「好人沒好報，要當壞人才是這個時代的生存之道。」這個想法在阿善數年前在獄中服刑時漸漸地成形，當時他因為一起被誣陷的竊盜案件入獄——他因一件順手牽羊的小竊案被逮入警局，卻被栽贓了好幾件不是他犯下的案子上身，使他在牢中多蹲了三年，並從一名混吃等死的小無賴，搖身一變成了立志要當大魔王的慣竊。

儘管他平時有一份收入微薄的兼職工作，但每每到了夜晚，他總會幻想自己成為橫行都市的夜魔，隨手便能取得花不完的金銀財寶。或者幻想自己有朝一日，能像他那些偶像一樣，開幫立派什麼的，然後進軍政商界，成為大人物，想幹什麼就幹什麼，多爽。

然而他手法拙劣，小冊子中的「業務項目」雖然繁雜，但諸如潛入民居或是扒竊皮夾這類「高難度業務」，成功率卻極低。只有三個月前恰好趁著一個老阿公外出忘記鎖門之際，偷偷摸索進去，才取得一座廉價玻璃觀音像，心臟就已經快要從嘴巴跳出來了，最後落荒而逃。

又有一次，阿善在公園之中欲行竊一個大媽褲袋中的皮夾，磨磨蹭蹭抓抓拿拿了好一會兒，皮夾說什麼也不肯出來，還被那大媽一記左鉤拳打歪了嘴巴，以為他在亂摸她屁股。

便因如此，今夜這只鱷紋皮夾，便猶如老天爺賞賜給阿善的禮物一樣，好似在鼓舞他、激勵他，要他繼續努力壞下去，成功一定會是他的——旁人聽了當然覺得荒謬，但阿善確實是這樣想的。

「哈哈！罪惡的時代來臨了。」阿善啊哈一聲，親吻著那只鱷紋皮夾，將之放在他的偶像本之上，放回抽屜，再度虔誠地朝皮夾拜了三拜。

接著他又打開另一本小冊子，那是他的偷竊手記，是他的理論大全，不但記載著他所犯下的案件和心得檢討等等，也寫滿了一套「為惡至上論」，暢述一些他認為這時代必須要做壞人才能生存下去的理由和見解。

他四處翻找，摸出枝筆，在偷竊心得段落裡其中一行「小心翼翼檢查投幣置物櫃的退幣口，有錢喔」之後加註：「上鎖的櫃子也要拉拉看，有寶物喔。」

阿善咬著筆，反覆推敲一番，將「有寶物喔」四個字，改為「幸運之神將站在你這邊」，這才滿意地將心得小冊收進抽屜。

其實他並不承認自己的偷竊技巧拙劣，只是當作是經驗不足，或是運氣不好。他每每在這本手記上塗塗抹抹地書寫他的偷竊心得時，總會覺得自己的想法好極了，在黑暗帝國降臨後，他這本「為惡至上論」一定可以作為黑暗帝國子民們聖典，印個幾千萬刷，版稅都領不完。

寫完手記，他覺得鬆了一口氣，回到小桌座位前盤腿坐下，打開電視，新聞中仍然播放著他偶像們的事蹟。

「哈哈！」阿善拍拍手，終於要開動了，他大口大口地吃那些半涼了的滷味和鹽酥雞，然後深深吸氣，一口喝乾一小罐外國啤酒。

「讚吶——」阿善感到前所未有的滿足及愉悅，電視正播放一幕關於極惡殺人犯被判不知道第幾次死刑仍被發回更審的案件，更審理由受害者家屬聽不懂，阿善也聽不懂，但他十分滿意，又開了一罐啤酒，大乾半罐，歡呼一聲，說：「罪惡的巨輪滾來了，誰擋得住？」

阿善從來都沒有喝得這麼滿足，在目眩神迷之際，他高舉著酒瓶，獨自手舞足蹈著，喃喃自語歌頌著電視機上那些偶像，不時發表自己的看法。

「看哪！讀什麼書啊，當大哥才是最厲害的，幹得好，政府官員都跟你稱兄道弟，誰敢說你黑啊！」阿善興致高昂地吼。

這場一個人的盛宴，不知道在深夜幾點結束。他睡著了，夢中又是他在獄中被別人欺負或是欺負別人、聽大哥訓話、聽資深老鳥講述往事的情景。他永遠也忘不了他在獄中用存了好久的錢買得的香菸，只抽了半口，便被一個比他更高更壯朋友更多的大塊頭一整包菸連同他嘴上那根一併搶走的情景，好在他唯唯諾諾地不敢吭聲，否則會發生像某個倔強傢伙被欺負而還手，被一群人押到廁所洗菊花，菊花被洗成向日葵的慘事。

這也更讓他確認了「好人沒好報，良心是多餘的，不擇手段才能得到一切」這樣的道理。

不知道是否是因為喝下了比平常更多的酒，在深夜中，迷迷茫茫之際，他覺得全身都在燒，忽冷忽熱，頭痛欲裂，他不停地被反胃感逼醒，上廁所吐，胃囊中酸苦的汁液燒灼著他的食道，儘管吐光了，他仍持續地乾嘔，然後暈沉沉地倒回床上。

這樣的痛苦一直持續到了清晨，天將大明之際，他覺得不那樣難受了，總算可以好好地睡了，斷斷續續在獄中煎熬的夢境也轉化為他變成很厲害的賊王的夢，他夢見自己高大英挺，戴著有兩個洞能露出眼睛的黑色眼罩，伸手一探就是一只大皮夾，打開，裡頭是——

「萬能的天神吶，請賜給我神奇的力量——」高亢的吼叫聲自對面陽台飄蕩進來。

「哇——」阿善被這聲大吼驚醒，最近常常如此。

他茫茫然地坐在凌亂的床上，抓了抓頭，還在回想方才夢中那只白色大皮夾裡頭裝了什麼，身旁窗子又傳來吼叫聲——「萬能的天神吶，請賜給我神奇的力量，求求你，這次，我一定要成功——」

「我操你個東南西北！」阿善憤怒地揭開窗子朝對面大吼。

伏在對面公寓陽台上朝天吶喊的傢伙是個傻不隆咚的國中生，最近愛上了班花，每日都在陽台上吶喊，為自己鼓舞士氣，好在即將到來的班花生日聚會上，鼓起勇氣送出自己準備了三個月的禮物和那封匯集了網路經典情話的情書。

「我去你的……」阿善還要大罵，但那國中生早已揹著書包，搖頭晃腦地下樓上學。阿善莫可奈何，只能咬牙切齒想著，要是自己有朝一日當上大哥，或是大哥的大哥，一定要將這傢伙抓來，狂毆到對方再也說不出話為止。

他拍著腦袋，宿醉讓他頭痛得難受，什麼事情也不想做，便這樣又躺回床上，昏昏沉沉地睡著。

一直到下午三點，他才再次搔抓著頭髮，連連打著哈欠，無精打采地起身，最近他時常如此，每個天明對他而言都是新的毫無意義、沒有生氣的一天的開始。

他雖然不喜歡這樣的氣氛，卻也自有一番解釋：「這代表黑暗即將到來了……這是屬於我們這類人的世界。」

「沒有光明……」阿善打著哈欠，還渾渾噩噩地碎唸著自創理論之中的信條，窗外卻是亮眼的日曬，此時近冬，那日曬看來更加暖和。

「哼……囂張的太陽。」阿善呵了口氣說：「黑夜馬上又要來臨了，你囂張不了多久的！」

阿善在「為惡至上論」這方面，倒是異常的用功，他刷牙撇尿之後，在他一日的「工作」開始之前，還不忘取出他收在床頭小櫃中的兩本冊子複習一番，緊握拳頭講一些激勵自己的話，接著他取出那質地精美的鱷紋皮夾摩挲翻看，思考該拿一千元還是兩千元作為今日花用，最後乾脆將整個皮夾都塞入褲袋，他認為這是個幸運的皮夾，是上天——或者說是他心中的信仰，是邪惡之神賜給他的聖物，能替他帶來好運的護身符。

他披上外套，下樓。在清冷的街道中走，他看每個人都不順眼，要不是覺得這個大嬸走路姿勢礙眼，要不便覺得那個迎面而來的學生討厭，他心想，要是他當上大哥，可威風了，看誰不順眼，就叫手下揍扁對方。

他在小攤買了份雞排，轉過街角，正好對著落日餘暉，他覺得刺眼，拉高衣領，盡量將腦袋往衣領裡縮，儘管寒天中的太陽頗舒服，但阿善一點也不領情，反而說：「別以為我會受你的蠱惑，可惡的太陽。」

他覺得頗不自在，這才想自己忘了戴帽子，便將衣領拉得更高。他討厭白晝光亮，更討厭人家盯著他瞧，彷彿會讓人看穿什麼似的。

「你跟著我幹啥？」阿善回頭看著身後腳邊那隻發抖瘦弱的狗，那狗像是讓阿善手中那吃剩一半的炸雞排吸引了一般，跟著他走了兩條街。

「你想吃啊，來……給你。」阿善蹲下，將手中炸雞排湊近那狗，待那狗靠近之時，再突然將炸雞排拿遠，哈哈笑著說：「我騙你的，想吃不會自己去買呀！」

那狗只是歪了頭，嗚咽幾聲，舌頭不停舔舐著，睜著淚汪汪的眼睛，看看阿善，再看看他手中的炸雞排。

「對不起，是我不好……」阿善皺皺眉頭，嘆口氣，將炸雞排放低，若有所思地說：「你跟我真像……沒人疼……沒人愛……」

狗還沒吃到炸雞排，阿善又將手抬起了，大聲說：「但是這不表示我要賞你東西吃，你自己去買啊，跟著我幹嘛？我是壞人耶，你有見過壞人會餵狗吃東西嗎？沒錢吶，沒錢去偷啊！」

不論如何，阿善仍然堅信他為惡至上論，他要當一個壞人，天底下最壞的壞人。

阿善當著狗面前，將炸雞排大口吃下，拍拍手再拍拍肚子，說：「真好吃，吃得好飽，就是不給你。我告訴你，裝可憐是沒有用的，這個世界，大家不會同情可憐人，就算是可憐狗也一樣。滾吧你！」

那狗伏下，睜著淚汪汪的眼睛聽著阿善訓話，牠肚子咕嚕咕嚕地叫個不停，牠餓極了。

阿善這一訓可訓上了癮，滔滔不絕地對狗講著他自成一格的人生理論，好似在發洩不得志的怨氣，足足訓了十分鐘，這才心滿意足地起身。

「看你餓得都走不動了，腿還發抖啊你！」阿善回頭，見狗還跟在他後頭，哼了哼，揮手趕牠。

「真是氣死我了，簡直是觸我霉頭嘛……」阿善仍碎碎罵著，心中卻十分混亂不安，背後那狗可憐兮兮的模樣一直在腦中揮之不去。

狗好幾天沒吃東西了吧。

真像他，時常有一頓沒一頓的。

飢餓的時候真是難受……

阿善望著前頭那小吃攤，猶豫了半晌，摸摸褲袋，轉頭對狗說：「算你走運，叫我一聲老大，以後就跟我……」

狗已經不見了，似乎是轉進別的巷子裡了。

「哼，朽木不可雕也！」阿善啐罵了幾句，有種尷尬的羞恥感刺了他胸口一下。

他抵達公車站牌，等了十分鐘，搭上一班公車。他推開學生，搶著了座位，一屁股坐下，茫茫然地看著窗外流動景色，兩站之後，不知怎地，那隻狗的模樣又在他腦海裡探出頭來，淚汪汪地瞧他，在恍神之際，他起身，讓位給一個剛上車的老阿嬤。

老阿嬤微笑點頭地向他道謝。

在他意識到讓位這種行為，絕非一個壞人應該做的事時，他又是懊惱又是不甘地擠到一個女學生座位旁，擠眉弄眼低頭去看座位上女學生的低領口，彷彿想讓大家知道，他是個不折不扣的壞人，他不是因為敬老才讓位的。

「要當壞人才能成功。」他再一次地這樣告訴自己。

「否則就像那隻蠢狗、笨狗、賤狗、快要餓死的狗一樣悲慘。」阿善下車，拉緊衣領，風有些冷，附近的街道住宅他並不陌生，但每次來，都感到一股世上容不下他的疏離感，這種感覺有時讓他覺得悲哀想哭，有時又讓他有種孤獨的優越感，覺得世人皆醉他獨醒。

他走過一大段路，民居漸漸稀少，前頭開始是上坡，從這兒往上，有幾間廟。

那幾間老朽、破敗的小廟就是他的目標，是他今日要幹的活兒。往常他偶爾會在廟裡供桌上發現一些酒菜，運氣好的時候，他能夠在香油錢的小箱中挖出一丁點錢。

他一路往上，途中見到幾隻野狗，不禁又想起方才那狗：「牠聽了我的教誨，會就此變成一隻有前途的壞狗嗎？」

「若是當年有人幫我作證，還我清白，我會變成一個壞人嗎？」阿善愣愣地回想數年前被條子硬是多扣上好幾件案子時的冤枉悲憤之感。

「這樣說來，我還得感謝那個條子指引我走向『在監獄學習如何當個有前途的壞人』這一途嗎？」阿善每每在自以為是的沉思之中，想到這一個念頭，總會猶豫苦惱許久。

大約經過一頓下午茶時間的路程，阿善回頭看，後頭的小徑來路沒於彎折山壁之後，他已算不清自己拐了幾個彎道，只能從身側的坡崖向下看去，見到稀疏的民宅。更遠處是整個城市的一角，灰濛濛的。

阿善繼續向上，終於見到了廟。

半大不小一座廟，坐落在山道邊的空曠之處，裡頭挺乾淨，供桌上有三個空盤，和一個空米酒瓶。

「被人搶先一步！」阿善皺皺眉，這種情形也挺常見，流浪漢也時常會上廟裡吃食供品，偷喝供酒。

阿善並不氣餒，他繼續向上，上頭還有一間略小但香火更旺的小廟，他曾經拿著竹竿綁線，黏著口香糖，在那香油錢小箱中釣出好幾百元，樂得三天都作了美夢。

他這次倒沒帶竹竿和口香糖，因為在幾次「釣錢」之後，香油錢箱經過改裝，投錢口變得極窄，且內部還有其他構造，口香糖釣錢這招再也行不通。阿善雙手插著口袋，遠遠地看看那廟，看看周遭，四周都沒人，很好。

他步步趨近，這才發現廟裡頭竟有個瘦小老頭，大剌剌地坐在供桌之上，狼吞虎嚥啃著燒雞，狂灌好酒——想必是有信徒中了樂透，買了酒菜來謝。

阿善專程坐公車來，圖得也是這開獎隔天的好日子，看能不能撈點油水。他見到那小老頭吃得渾然忘我，又是羨慕又是嫉妒，遠遠在一旁看了許久，卻見那小老頭胃口極大，吃完了雞吃燒鴨，一隻燒鴨讓他摘翅、扒腿、掰開身子狂吞大嚼，接著吱吱喳喳啃淨整截脖子，最後將手中那枚鴨屁股放入口中，細細品味一番，整個過程竟不到五分鐘，阿善看得傻了，還以為是電視節目的快轉效果。

那小老頭將雞鴨掃空，又自顧自地喝起了酒，大口一吞，半瓶酒立時空了，他又開另一瓶。

「老頭！你偷吃東西！」阿善雙手扠腰，氣呼呼地踏進廟裡，伸手指著那小老頭。

那小老頭個頭甚小，足足比阿善矮了一個頭半，雙頰紅吱吱，唇上兩撇灰白鬍子鬈曲，身上穿著一襲黑色棉襖，頭戴一頂毛線帽子，腰間掛著一只大葫蘆，褲子以下是綁腿加黑棉布鞋，像是半個世紀前的山中老人。

小老頭眼睛又圓又大，眨了兩下，和阿善對視，手卻沒停著，啪一聲已經開了酒瓶，連開瓶器都沒用上。小老頭咕嚕一聲，喝去半瓶酒。

「你你你，你偷吃廟裡的東西！」阿善莫可奈何地大叫，只想趕緊將這老頭嚇跑，換自己過過癮。供桌上還有一盤滷菜，以及最後一瓶酒。

「對呦，怎樣？」小老頭抹抹嘴，又一口，手中瓶子立時空了，他又開最後一瓶酒，在阿善大叫之前，就已經喝去半瓶。

「信不信我報警抓你——」阿善歇斯底里地大吼。

「你也想喝嗎?」小老頭問。

「唔……」阿善怔了怔,無奈地點點頭,小老頭像是看穿了他的心思一般,知道他並非真的是仗義直言,只是想分一杯羹罷了。

「哪,想喝就給你呦。」小老頭將手中那瓶酒塞入阿善手中,自顧自地走到香油錢箱旁,上下打量著那大箱子。

阿善用袖口抹抹瓶口,也喝了一口,那是烈酒,滋味還不壞。見那小老頭賊頭賊腦地檢查香油錢箱,登時又緊張起來,便問:「你想要偷錢嗎?」

「是啊,你也想偷嗎?」那小老頭退開兩步,攤攤手說:「那你先請呦。」

阿善這下倒愣住了,他又喝一口酒,上前左看右看那只大香油錢箱,投錢口極窄,蓋子上的大鎖結實得嚇人。他連開鎖都不會,此時也只能裝模作樣地學那小老頭攤攤手,說:「我沒興趣,你來好了。」

小老頭捏了捏嘴上那鬈曲鬍子,揭開身上棉襖一角,取出了一把扇子搧了搧風。

「古裡古怪！」阿善眄著眼睛喝酒，卻忍不住好奇偷瞧那蹲伏在香油錢箱旁的小老頭，見他拿把破扇子朝著香油錢箱底下搧呀搧的，還不知是啥意思，突然之間，竟見到那投錢口，冒出了一截東西，是張百元鈔。

「哇操——錢可以這樣搧出來嗎！」阿善一雙眼睛瞪得和銅鈴一樣大，下巴也掉了下來。

卻見那小老頭悠哉悠哉地蹲在香油錢箱旁，像是生火一樣地抓著扇子朝香油錢箱底下搧風，不時探頭看看投錢口，一張一張鈔票，竟這樣被小老頭搧了出來。

「這是怎麼辦到的……」阿善愣然，同時聽到叮叮噹噹的響聲不絕，大箱中十來張鈔票出盡之後，接著是一枚一枚的硬幣，爆米花似地被搧出了投錢口。

小老頭摘下帽子，是個大光頭，他拿著帽子隨手一掃，便將箱蓋上散落的鈔票和硬幣一掃而空。

「五百、六百、八百……」小老頭也不理阿善的目瞪口呆，自顧自地盤腿坐著，算著帽中的錢，一共是一千兩百三十八元。小老頭將錢放入口袋，戴回帽子，倚在大箱旁捏著鬍子朝天看雲發呆。

「這位老先生……」阿善支支吾吾地在小老頭身旁坐下，恭恭敬敬地鞠了個躬，卻不知該如何開口，只好將酒遞去。

小老頭接了，一口氣喝完，瞇著眼睛瞧瞧阿善，問：「小兄弟，你也是同行呦。」

「不敢不敢！」阿善連連搖手，唯唯諾諾地說：「我……我只是個新手，想向您請教請教，您那把扇子……」

小老頭呦了一聲，舉起手中扇子，左右瞧瞧，提至阿善面前，晃動兩下，得意地說：「這扇子也沒什麼稀奇，什麼東西都搧得出來呦。」

小老頭這麼說時，隨手拿著扇子朝阿善身子搧，阿善只覺得那風細細微微的也沒什麼稀奇，突然感到大腿褲袋處一陣搔癢，像是蟲蛇蠕動一般，低頭去看，這才驚愕發現，原來他口袋裡幾張鈔票和銅板，竟鑽呀鑽地鑽出口袋，要往外頭跑，他伸手去按，那些錢滑溜溜的好似泥鰍，竟從他的指縫間溜出來，一枚枚硬幣往地下落，一張張紙鈔隨風飄。

「啊！我的錢！」阿善伸手亂抓，三張鈔票在天上打轉，像是靈巧的小麻雀，繞了三個圈兒落在小老頭的手上。

「錢還我！」阿善一把去揪住那小老頭的手，只覺得刺麻麻的，接著頭上腳下，摔了個四腳朝天。

小老頭摸摸鼻子，將鈔票放入口袋，又將地上那些零錢搧呀搧地也搧進了自個口袋中。小老頭伸個懶腰，打了個大大的嗝，瞥了倒在地上的阿善一眼。

阿善像是給鬼壓著身子一般，全身動彈不得，只能瞪大眼睛，不住地顫抖。

「少年人沒有禮貌呦！」小老頭哼了一聲。

「神仙……我遇上神仙了……」阿善勉強地呢喃出聲。

「神仙？」小老頭像是挺滿意這個名號，他頓了頓，在阿善腦袋邊蹲下，拍了拍阿善臉頰說：「再說一次，我是啥？」

「您……您是神仙……」阿善瞪大眼睛，心中一股震撼不知是驚懼還是興奮，他啞啞地喊：「賊神，您是賊中之神！」

「賊神？」小老頭瞿然起身，拍手大笑：「好，好呦，好個賊神呦！」

小老頭大笑半晌，在原地繞圈，接著踹了阿善一腳。

阿善忽然能動了，哇地一聲彈起，想也不想便在小老頭面前跪了下來，大聲說：「我走運了，我走運了！神仙，神仙爺爺，您能教我兩招嗎？」

「神仙爺爺，哈哈！」小老頭又大笑數聲，突然低身湊近阿善臉前，問：「你是要我收你做徒弟？」

「對……對！」阿善連連磕頭，大聲說著：「師父！神仙師父，請受阿善一拜！」

「我有徒弟了，我是神仙了，我當師父了，我是賊神呦——」小老頭欣喜若狂，手舞足蹈起來，突然停下身子，幽幽地看著天那一端，若有所思地說：

「他們都叫我臭賊吶，從沒人叫我神仙、爺爺、師父……」

「您是賊神，賊中之神，是至高無上的神仙。」阿善揮甩著手說。以他的腦袋和口才，其實無法在這樣短的時間內拍中小老頭的馬屁，但他本來就有一套自成一格的為惡至上論，對他而言，遇上賊神便跟其他宗教的教徒撞見該教尊神一般，心中的震撼可想而知。

「說得好呦！」小老頭呵呵一笑，捻著嘴角鬍子說：「那我就收你為徒了呦，你叫什麼？」

「我叫江國善，師父，叫我阿善就行了。」

「阿善吶……」小老頭唔了一聲，對師父這個稱號似乎不太滿意，他歪著頭想了想說：「你叫我『賊神爺爺』吧，我喜歡當神仙，也喜歡當爺爺呦！」

阿善歡呼一聲，又做出了握拳拉弓的動作，他激昂地說：「師父，不，賊神爺爺，咱們師徒兩個合力，偷遍天下，將太陽也偷走，讓世界黯淡無光，讓黑暗席捲大地，共同打造一個罪惡的城市！」阿善這番慷慨激昂說詞的後段，是他參考許多小說後寫出的句子，時時在心中默背，幻想他心目中的罪惡之都。

「你神經病呦！」賊神爺爺哼了一聲，揪著阿善的手腕輕輕一帶，阿善和剛剛一樣，翻了個筋斗，摔得四腳朝天。

「賊神爺爺……你……我……我說錯了什麼嗎？」

賊神爺爺哼的一聲：「傻瓜說傻話呦，你聽過有立志打造罪惡城市的神仙嗎？你爺爺我今天第一次當神仙，就被你說成像魔鬼一樣呦！」

「我……我知錯了……」阿善趴伏起身，唯唯諾諾地向賊神爺爺磕了頭，尚不明白為什麼同是小偷的賊神爺爺，會反對他的罪惡之都提議。當他攙扶著賊神爺爺，走了好長一段山路，抵達市街之時，終於忍不住咕嚕嚕擠出哽在喉間的疑問。

賊神爺爺只是瞅了他一眼，說：「我是賊，又不是妖魔鬼怪。你傻瓜呦！兩個是有差別的，盜亦有道，阿善你不讀書呦！」

「盜亦有道，是嗎？」阿善喃喃自語，反覆咀嚼著這句話，他神情茫然，似乎在腦中修正他為惡至上論當中的某些條目。

「賊神爺爺，當壞人，也有高格調的壞人跟下三濫的壞人的差別，您的意思是這樣子的嗎？」阿善做出了結論。

「差不多了，但爺爺我不是壞人呦。我只是賊，不，現在是賊神了呦。」

「在法律之下，賊就是壞人。」

「那是你們人的法律，管不著我們神仙呦。」

「那賊神爺爺您是好人還是壞人……嗯，好神還是壞神呢？」

賊神爺爺將嘴角灰白鬍子捏得翹挺，得意地說：「爺爺我當然是個好神。」

「但是您偷東西。」

「我是偷東西的好神，最偉大的賊神呦！」賊神爺爺越說越是得意，大步走在前頭。

阿善攤攤手，發覺就這一點而言，他和賊神爺爺的邏輯無法交會，一時也無法說得清楚，好似在根本觀念之上有條溝渠橫擋著。事實上，他自己對好人壞人的定義也十分模糊，只是純粹地信奉在這是非不分的世界裡，適者生存，不適者淘汰這個道理——壞人，就是那適者。

這一老一少賊師徒，搭乘了七站的公車，賊神爺爺還不忘提醒阿善：「平時凡人是看不到我的，你看得見我，表示我們師徒有緣呦！我特地現身讓大家都看得著，免得讓你像個傻子自言自語呦。」

「謝謝賊神爺爺。」

「你要賊神爺爺教你功夫，也得讓賊神爺爺瞧瞧你的功夫，去露兩手給爺爺瞧。」賊神爺爺得意地搖頭晃腦，舉起手來指著幾個座位上的乘客，詢問阿善的意見：「來來，阿善，你要挑哪一個扒？」

「賊神……爺爺，您講得太大聲了！會給人聽見……」阿善可是大吃一驚，抬手想去摀賊神爺爺的口，又怕對他不敬，只得尷尬地硬生生將手抽回嘴邊，比了個「小聲一點」的手勢。

「膽小鬼呦，賊神收了個膽小徒弟。」賊神爺爺板起臉來，瞅著阿善教訓：

「有我賊神在後頭罩著你，還害怕什麼，還不快去！」

「不不……」阿善慌亂揮著手，趕緊按了下車鈴，拉著賊神爺爺下車，解釋著：「賊神爺爺，老實告訴您，其實我沒有一次扒成功過……」

「什麼？那你還算是個賊嗎？」賊神爺爺瞪大了眼睛瞧著阿善那張青白臉。

「算吶，其實我最擅長的不是扒東西，這樣好了，您要瞧，我就表演給您看，就在前面。」阿善帶著賊神爺爺進入一家賣場。賣場環境略差，收銀店員們一個個無精打采地發愣、伸懶腰。

阿善抓了個手提籃走在前頭，神情緊繃，喉結咕嚕嚕地上下動彈，不停嚥下因為緊張而泌出的唾液。他其實時常幹這檔事，但就是緊張。

他煞有其事地在滿是商品的貨架子之間晃蕩，不時挑揀幾樣東西進籃子中，賊神爺爺跟在後頭，悠悠哉哉地把玩手上扇子，偶爾捏捏嘴角鬍子，想瞧瞧這徒弟能變出什麼把戲。

阿善在零食區摸摸拿拿、抓抓放放，挑了幾包小袋零嘴、科學麵什麼的，放入籃中，神祕地朝賊神爺爺一笑：「我最喜歡吃這些了。」他說完，接著晃了好大一圈，來到家用物品區，就著那些較低的貨物台子蹲了下來，伸手挑揀一些家用物品。賊神也隨手伸去摸摸玩玩，正好奇徒弟怎地還不下手，便見到阿善神祕兮兮地揑來一把碎玩意兒到他手裡，一看，是一小撮碎科學麵。

阿善嘴巴詭異地動著，似在咀嚼，原來他蹲在這兒佯裝挑揀貨物，順手將方才拿的小零嘴揭開包裝袋，津津有味地偷吃著。

「……」賊神爺爺悶不吭聲，也不吃阿善揑給他的碎麵，隨手扔進了角落販賣的垃圾桶中。

阿善解決完一小袋科學麵，又用同樣的手法在浴廁用品區嗑了半包洋芋片，在文具區挖完一個布丁。

然後他花了十來分鐘，將那些空包裝，趁翻揀食物時，偷偷藏回貨架之上。

阿善抹抹嘴，滿足地起身，晃蕩半圈，向推銷鮮乳的阿嬸要了杯試喝奶。

「不了，謝謝呦。」賊神爺爺則婉拒阿嬸一併遞來的試喝奶。

阿善卻替賊神爺爺接了，一口喝下，得意洋洋地拉著賊神爺爺走遠，悄聲和賊神爺爺說：「師父，怎麼樣，我雖然不太會扒人家皮夾，但是飽餐一頓可難不倒我，今天我是手下留情了，有一次，我幹掉了熟食區一隻雞！哈哈……您知道我把雞骨頭扔在哪兒嗎……」

「你白癡呦！」賊神爺爺惱火地倒轉扇柄，以柄桿狠狠地朝阿善屁股那麼一插，插得阿善一陣亂叫。

賊神爺爺比手畫腳地嚷嚷：「你怎麼不去公園撿狗大便吃，一樣吃得飽呀！你這樣算是賊嗎？算是優秀的好賊嗎？收了你這個徒弟，我真是丟死人了呦！」

「賊神爺爺，您息怒，您息怒……」阿善見賊神爺爺大吼大叫，駭得全身發麻，一來怕得罪了這活神仙，二來怕讓賣場人員發現了這騷動，可很麻煩。

「讓我來示範給你瞧瞧！」賊神爺爺哼的一聲，隨手拿起兩瓶高價洋酒，大搖大擺地朝外頭要走。

「師父……師父……」阿善可是大吃一驚，急急忙忙地追上，前頭就是賣場的保全，他可不敢扯著喉嚨喊「賊神爺爺」這四個字，只得「師父」、「師父」地喊。

那保全見賊神爺爺手一晃竟將兩瓶酒塞進衣服裡，先是一愣，接著便像一隻盯上了老鼠的貓般，對著手中無線電嘟嘟囔囔了幾句，就要上前去攔即將走出賣場的賊神爺爺。

賊神爺爺停下步，雙手一攤說：「怎樣？」

那保全一愣，賊神爺爺雙手沒東西不稀奇，方才是見到他將酒塞進衣服裡了，但此時近看，卻見賊神爺爺捏著黑棉襖衣角掀開，裡頭內衫服貼得很，瞎子都看得出來沒藏東西，那兩瓶酒體積可也不小。

「老先生，我們懷疑你身上有商品沒有結帳，請你跟我們來一下。」那保全這麼說，同時其他的賣場人員也圍了上來。

阿善驚慌失措，卻不知該說些什麼，只能乾瞪著眼睛，不知道賊神爺爺為什麼要這樣莽撞。

賊神爺爺自若地高舉雙手說：「沒呀，我身上沒藏東西呦，你檢查檢查。」

「我看見了，是一瓶酒。」保全上下打量了賊神爺爺一番，冷冷地說：「我們去裡頭檢查。」

「不要呦。」賊神爺爺嘻嘻笑著，忽然將大黑棉襖脫了，拋給那保全，跟著又動手褪衣脫褲、摘下身上掛著的那些綴飾、臭綁腳、臭襪子，邊脫邊說：「我不想跟你們去別的地方，我趕時間呦，你說我身上有你們的東西，是什麼東西呦？」

那保全還來不及阻攔，賊神爺爺已經全身脫了個精光。一旁有眼睛的都看得出來賊神爺爺隨手扔在地上的衣褲又破又臭，要是酒藏在衣服裡，以這樣的摔法早摔破了。

「你們檢查衣服呦，還是要檢查我嘴巴，啊——」賊神爺爺張大了口，湊向保全的臉。

「好了好了……老先生你快穿上衣服！」那保全又驚又惱地催促，他摸摸手上那件又髒又臭的黑棉襖，軟綿綿的，哪藏得下酒瓶，只當是自己花了眼。一旁的賣場人員可是慌了手腳，連忙撿起衣服替賊神爺爺遮擋。

一旁經過的客人，都是忿忿不平，以為這賣場保全誣賴一個老人家了，有些停下腳步，指指點點的。

阿善心驚膽跳地扶著穿回衣褲的賊神爺爺，也不搭理連連哈腰道歉的賣場工作人員，趕緊心虛地走了。

到了街上，阿善還不住回頭，瞧瞧有沒有人跟在後頭，又看看賊神爺爺，竟見他手上拿著一瓶偷來的酒，喀一聲扭開瓶蓋，一灌就是半瓶入口。

「賊神爺爺，您剛剛把酒藏在哪兒？」阿善驚奇地問。

賊神爺爺瞇著眼睛，鼓著嘴巴，將口中的酒一口吞下，舌頭還窸窣幾下，過癮極了，他這才抖抖衣服裡的一只小布袋，笑嘻嘻地說：「這呦。」

「剛剛裡頭沒東西呀！」阿善回想著方才賊神爺爺脫衣脫褲，解下一堆綁腿、襪子時，也將這麼一個小布袋扔在地上。那時看卻是扁平的，一看即知裡頭不可能有酒瓶。

「這小袋是寶物呦，吶，像這樣……」賊神爺爺得意地晃蕩那布袋，將半瓶酒放進布袋，布袋卻仍像是洩氣的皮球般扁平，外觀上只像是一個空袋子。賊神爺爺伸手入袋中掏摸，向外一拿，酒瓶又出現了。

「果然是神仙才有的寶物……那您也不能怪我呀。我又不像您有這些好用法寶。」阿善無奈地說。

「也對呦。」賊神爺爺拍了拍手，將扇子和小布袋都交給阿善，接著脫下那身上那件黑色棉襖，同樣遞給阿善。

「穿上。」

「咦……」阿善雙手捧著棉襖，只覺得一股酸臭臊味撲鼻而來，熏得他眼淚在眼眶裡頭轉，但既然是賊神爺爺的吩咐，也不敢不遵從，三兩下將棉襖穿了，他身高高手腳長，手腕硬是比棉襖袖口還長出好大一截，只覺得那棉襖緊得難受，同時臭得要命。

「笨徒弟，你別小看我這寶衣呦！」賊神爺爺一手還抓著酒瓶，溜到阿善背後，捏著棉襖後頭的帽子，往前一掀，罩在阿善頭上。

阿善只覺得一陣惡臭蓋下，翻了翻白眼就要吐，卻聽見賊神爺爺說：「現在我見不著你了，凡人更見不著你了，還有什麼偷不著的？」

阿善怔了怔，挺起身來，轉了一圈，他低著頭看腳，果真覺得有些不一樣了——他的影子不見了。

「我真的隱身了嗎，這是件隱身衣呀，賊神爺爺！」阿善驚叫一聲，他湊近停靠路旁的汽車車窗，當真看不見自己。

「你再把帽子掀起來瞧瞧呦。」

阿善應了一聲，將棉襖帽子掀起，果然見到車窗立時映出了自己。

「厲害吧！好玩吧！」賊神爺爺得意洋洋地跳著，哈哈大笑地說：「這衣服是我的好寶物，再加上扇子、布袋，有什麼是偷不著的呢？」

「真的好厲害！」阿善耐不住心中的驚喜，大聲叫著，拉著賊神爺爺的手跳著，也不覺得那臭味難聞了。

「賊神爺爺，我請你吃頓好吃的，好好慶祝一番！」

「慶祝？慶祝什麼呦？」

阿善緊握著拳頭，興奮喊著：「慶祝世界這麼大，我阿善卻有緣能夠遇上賊神爺爺您，是我阿善三生有幸，怎麼可以不慶祝呢？」

「好像有道理呦，有沒有酒喝呀？」賊神爺爺也感染上阿善的情緒，高興起來。

「當然有酒喝，要多少有多少！」阿善欣喜喊著，拉著賊神爺爺搭了計程車，殺向人潮紛嚷吵雜的鬧街中。

賊神爺爺此時身上僅穿著短衫，讓風一吹，不由得有些冷，便指著一家服飾店，拉了拉阿善的衣角說：「阿善，去替爺爺我偷件大衣來。」

「沒問題！」阿善拍拍胸脯，掏出他據為己有的鱷紋皮夾，上店裡付錢購入那件大衣，花去兩萬八，恭恭敬敬地披在賊神爺爺肩上。

賊神爺爺不喜反怒，埋怨起來：「我說你這徒弟不長進吻，你不是拿著我的寶物嗎？還穿著我的黑棉襖，怎地不偷呀，還用錢買，你是瞧不起師父我的寶物，還是膽小吶？」

「不不不！賊神爺爺，這花錢也有花錢的快感，不信您試試！」阿善搖手解釋著，臉脹了個通紅，方才付錢結帳，遞錢出手交在店員掌心之時，心頭那陣悸動還記憶猶新，他從沒花錢花得這樣痛快，連一絲絲的心疼都沒有，在那一刻，他有一種自己是億萬富翁的感覺。

「快感？」賊神爺爺拉了拉大衣，那大衣頗長，賊神爺爺個兒小得不行，那大衣下襬拖在地上，讓地上的凹坑髒水沾得濕漉漉，賊神爺爺卻也不以為意，只顧著去掏阿善口袋，說：「錢給我，讓我感受快感一下。」

「別急別急……」阿善將剩餘鈔票全交給賊神爺爺，指著前頭高級餐廳說：「我們去大吃一頓，然後讓爺爺您付帳，接著再去喝酒，喝得痛快了，再好好幹他一票，沿路將我們付的錢偷回來，這多過癮啊！」

「聽起來挺不錯呦。」賊神爺爺歪著頭想，也覺得阿善這提議好玩。

鬧街之中的徒步區熙攘喧譁，兩旁店家的燈光和徒步街區中的燈飾，將日落之後的鬧區，映射得五光十色。數不清的年輕男孩和更多的青春女孩在這兒穿梭。

師徒倆在一家高級餐廳吃了個天翻地覆。

接著他們買了酒，邊走邊喝，高大的阿善穿著緊繃的黑棉襖，矮小的賊神爺爺卻套著拖在地上的長大衣，這老少師徒的模樣詭異到了極點。

他倆一點也不在意旁人的目光。

尤其阿善，瞧他得意的，他一直希望如此，他體格本來生得高大，此時有了自信，以往的猥瑣、萎靡感一掃而空，整個人一下子剽悍許多，當真將自己當成了大哥大，橫衝直撞的。

他仰著頭看經過身旁的少年少女，他們好年輕，大都比自己年幼了十歲不止。阿善記起自己也曾經在這幾條街附近流連忘返，那是十幾年前的事了，那

時這鬧區又是另一番景象

時間過得好快，那時的自己在做些什麼事呢？那時的自己信奉著什麼？

總之不是當一個壞人就是了。

那時……

很多東西在自己不留神的時候，悄悄地溜走了，像是最重要的……光陰。

「那又怎樣！那又怎樣！那又怎樣！」阿善突然大叫大笑，藉此拔起莫名刺在腦海的哀傷。

「我要出頭天了，以前那些瞧不起我的人，那些抓我去關的條子，那些拒絕我的女人，那些傢伙……哈哈，我要出頭天了！你們等著瞧……等著瞧！」阿善狂飲，劇烈地咳嗽，他注意到有幾個學生模樣的傢伙瞪著自己瞧，他眉頭一皺，抹抹嘴巴，大步走過去，大聲朝著他們吼叫：「你怎樣，你看啥小？你瞧不起我是不是？」

那幾個年輕人悻悻然地走了，也不和阿善計較，此時的阿善模樣的確挺像個凶神惡煞。

「你做什麼，你喝酒喝得發瘋了呦？」賊神爺爺鼓著嘴巴，氣呼呼地跑來，踢了阿善屁股兩腳，又揑著阿善的手腕，將阿善摔了個四腳朝天。

「對不起對不起，這個傻瓜是我的徒弟，我教導無方，跟大家說聲抱歉！」賊神爺爺拱著手，笑嘻嘻地和四周圍觀的人們致歉。

阿善摔得七葷八素，他在興致最高昂、最得意的時候吃了癟，可悶到了極點，撐起身子撥開人就走。

「阿善、阿善，你上哪去呀？臭徒弟，不聽師父的話了嗎？」賊神爺爺氣鼓鼓地追在後頭，連連抬腳踢著阿善屁股。

「賊神爺爺！」阿善回頭，大聲說著：「您不贊同我的想法嗎？」

「你是說剛剛吃飯時和爺爺我講的那些屁話嗎？」賊神爺爺嘴巴發出嘖嘖的聲音，連連搖手說：「那些都是放屁呦，是笨蛋說的話，好端端地當什麼壞人呦，你要當賊，當一個很好很好的賊！」

「什麼是很好的賊？賊可以是好的嗎？」阿善酒氣衝腦，大聲問著，語氣也不像早先那樣客氣了。

「賊當然可以是好的，就是好賊，你連什麼是好賊都不知道，你是笨蛋呦？」賊神爺爺也讓阿善的態度給氣著了，他噫呀一聲，又要去抓阿善的手腕。

阿善避開賊神爺爺的擒拿，連連後退好幾步，雙手半舉，作投降狀，臉上卻露出了個難以言喻的笑，笑容中包藏著一絲堅毅、幾點感傷，和邪惡。

「我是笨蛋呀，從小大家都這樣說我！」阿善大聲吼著：「不管我多麼努力讀書，就是讀不好，我媽說我是笨蛋，我爸說我是笨蛋，老師說我是笨蛋，同學說我是笨蛋，條子說我是笨蛋，大家都說我是笨蛋……只有我自己才知道，我才不是笨蛋，我是人太好了！」

阿善說到這裡，頓了一頓，苦笑說：「唉唉……其實這樣說也沒錯……好人本來就是笨蛋……我就是人太好才被欺負，條子都栽贓我！」阿善激動地揮著手，胡亂大步走著，被誣陷入獄的情景又在他腦中浮現。

「可是現在我不是笨蛋了……」阿善停步，抬頭看著頂上那輪冷月。月亮青森森的。

「哼！哼！臭阿善，笨蛋阿善，我不要你這個徒弟了——把爺爺我的東西還我，我另外去找別的徒弟！」賊神爺爺也惱火了，手扠著腰，拖著長長的大衣朝阿善奔去，要討回他的寶物。

「死老頭，你太蠢了……我都說我要做個壞人了不是嗎？」阿善喘著氣，緩緩地將黑棉襖帽子戴上腦袋。

消失。

「啊——啊——」賊神爺爺瞪大眼睛叫著跳著，四處亂衝亂撞，見人就拉著不放，死纏著問：「阿善上哪兒去了，我的臭徒弟上哪兒去了？」

儘管鬧區人潮擁擠，不少路過的人都聽到了一老一少的爭執，但真正仔細傾聽、留心觀看的人卻也不多，幾個見到阿善消失瞬間的路人驚愕地和同伴述說時，自然也沒人相信，更多的路人只當是這拿著酒瓶的小老頭喝醉了和朋友吵架，朋友拋下他自個走了。

□

「嘻嘻，嘻嘻……我真壞……我變成壞人了，臭老頭一定氣死了！」

阿善快速奔跑，心中激動得無以復加，過了好久才停下來，大口地喘氣。

這兒仍是鬧街，沒人看得見他。

他摸摸棉襖左側，那布袋還在，摸摸棉襖右側，收著扇子。三件寶物都在他身上。

阿善倚在一家商店旁，看著路人來來去去，他心情既興奮又緊張，他終於要親身試驗這些寶物了。

他拍拍臉頰，發出「啪啪」的聲響，倒是嚇著了從他身旁經過的兩位小姐。

阿善嚥了口口水，跟隨在那兩個小姐身後，趁著她倆過馬路之際，一手對準一人臀部，摸了好大一把，將那兩個女人，嚇得魂都飛了，以為撞了鬼，尖叫連連。

「哈哈！」阿善好得意，走路晃蕩搖擺，東張西望，見著一個禿頭大叔挺不順眼，便繞到那大叔身後，重重拍了大叔光溜溜的腦袋一下。

前頭一個小胖子和弟弟打打鬧鬧、尖聲吼叫，嗓門大得令人想要毒啞他們。小胖子橫衝直撞地奔來，阿善想也不想，伸出一腳，絆得那小胖子滾飛三圈，哭嚎得驚天動地，門牙都落了一顆。

阿善捧腹笑著，眼淚都笑出來了，接著他將目標放在那些面目或身材好的女性身上，尤其是穿著低腰褲，會露出丁字褲帶的女生。阿善出獄之後，見到滿街都是這種低腰褲，他不懂為什麼褲子可以這樣穿，那些面貌姣好的女孩穿著這種褲子時，蹲下來竟然會露出股溝。

阿善原本以為是邪惡大王為了激勵他出獄的士氣所變的魔法，還大膽地向那些女孩搭訕，但遭到了拒絕。

阿善對此可是耿耿於懷，這時他自是不放過這機會，一見到露出丁字褲的女生走來，便去拉扯她們露出牛仔褲頭外的丁字褲帶，或是偷掀其他女生的裙子，亂摸、偷看領口什麼的。

一直到他過足了癮，轉身欲進便利商店，他是隱形的，自動門感應器感應不到他。他有點火，覺得門都歧視他。他等了十幾秒，跟著另一名顧客背後進去，在裡頭四處翻著，將一些零食、菸、酒，都摸進了懷中的小布袋。且東西一進布袋，立時扁平如紙，可以裝入很多東西，袋口一縮，又癟了下去，一點重量也沒有。

「看！看！知道我們壞人的厲害了吧！」阿善在便利商店之中，爆出一聲大吼，將客人和店員都嚇了好大一跳。

店員是個小眼睛的牙套妹妹，阿善可討厭她了，上回來買菸，錢帶得不夠，想請她通融通融賒個帳，那牙套妹妹一點面子都不給他，說什麼就是不答應。

阿善記起舊恨，嘿嘿嘿地冷笑三聲。牙套妹妹聽了那笑聲卻是怕得不得了，因為這聲音像從身邊發出一樣而懼怕。

阿善將頭湊向牙套妹妹，張大嘴巴朝她臉呵了團臭酒氣。

那牙套妹妹嘩地尖叫好大一聲，將一個拎著熱狗麵包和熱湯的客人嚇得手上的熱狗麵包都飛了。

「小美……小美……」牙套妹妹匆匆替那客人結完帳，青白著一張臉去找同事說話：「我剛剛好像碰上不乾淨的東西了……」

阿善趁機溜進了櫃台，拿著扇子對收銀機猛搧，只聽得裡頭喀啷啷聲響，那是銅板在彈跳，一枚枚硬幣像是卡通特效一樣，變得軟趴趴的，從收銀機極小的縫擠了出來。

阿善拉開口袋一角，用賊神爺爺的扇子搧呀搧，將那些錢幣全搧進了自個兒口袋。

「咦，怎麼沒有大鈔呀……？」阿善四處摸索，四處亂搧。一見店員過來，就學賊神爺爺那樣，用扇子柄對準店員屁股，賞她們一記灌腸。

摸呀摸地，阿善總算在櫃台抽屜搧出一截大鈔票頭，他嘿嘿笑著，將布袋袋口就著那抽屜縫，輕巧地搧扇子，神不知鬼不覺地將鈔票都搬進了袋子中。

阿善總算心滿意足，在臨走前，還故意溜到兩個瑟縮在飲料冰櫃旁不知所措的店員妹妹面前，瞪著一雙白眼，臉歪嘴斜伸出舌頭，然後陡然掀起黑棉襖帽子。

「哇——」兩個女店員被突然出現在面前的鬼臉嚇得三魂七魄都飛了，哇嗚幾聲，一個昏了、一個尿了，倒成一片。

阿善趕緊戴上帽子，繞過擁來圍觀的客人，獨自出了便利商店。

颼颼幾陣冷風吹來，將興奮的阿善吹得冷靜了些，他走得遠了，在不甚醒目的地方拉下帽子，招來計程車，回到家中。

「我要發達啦，哇哈哈！」阿善喝得酩酊大醉，癱倒在床角沉沉睡著，連他每日睡前必閱讀自己所著的「為惡至上論」都忘記了。

他睡得極沉，和以往夜夜輾轉難眠的情形大不相同，沒作什麼具體的夢，只是隱約見著了下午那隻那狗垂著頭離去的模樣。

翌日。

同樣的清晨時分，同樣高亢的吼聲自窗外飆來——「萬能的天神吶，請賜給我神奇的力量——」

「猴死囝仔，吵什麼吵！」、「哪一家的死小孩！」在突然驚醒的阿善尚未開窗叫罵之時，其他的鄰居早先忍不住抗議了。

阿善揉著宿醉的腦袋，探看窗外情形之時，只見對窗那國中生和往常一樣揹著書包出門，一副天真無邪的模樣，嘻嘻笑著和附近街坊致歉。

「好傢伙……這次我不再罵你了……」阿善嘴角忍不住高高揚起，他不須再忍氣吞聲了。

阿善盤坐床頭，仔細將賊神爺爺的布袋好好研究一番，將裡頭所有的東西都清了個乾淨，布袋裡頭的古怪玩意兒可真不少，有些童玩模樣的小玩物，許多瓶酒，甚至有雞骨頭、空酒瓶這些玩意兒。

布袋之中，還有許多錢，似乎全是賊神爺爺四處摸來的，加上他昨夜偷得的，竟有十來萬，還不包括那些零碎的硬幣。

「我發了！」阿善歡呼一聲，第一個念頭竟然是想去銀行開個戶頭，將錢存入。

他突然覺得睏，伸伸懶腰，打了個大哈欠，這才下床去廁所撇了泡酒味尿。好好梳洗一番，刮去鬍子，對著鏡子左照右照，做了幾個自認有魅力的表情，這才出來套上那黑棉襖，戴上棉布手套，左口袋裡放布袋，右口袋中擺著扇子。

下樓時和同棟公寓的鄰人錯肩而過時，他有種不安感，其實這樣的感覺長年跟隨著他，他總是懼怕他人的目光，像是會被別人看見心底事一般。他不知道這是否是所謂的作賊心虛，但這種感覺此時卻更加地強烈，不知為何。

是因為昨天他背叛了賊神爺爺嗎？

賊神爺爺身上沒錢了，三件寶物都給拐了，他肚子會餓嗎？

「餓死那老不死最好。」阿善拍拍左臉，將腦袋中隱隱的同情感自右耳拍出，他可是立志要做壞人的，他嘴還喃喃地唸：「反正他是神仙，神仙哪會餓死呢？」

阿善出了公寓大門，這日天氣真好，一大早太陽就挺刺眼，不知道是否錯覺，他感到有些不安，覺得路上的行人眼神都帶著刺，犀利地穿透他的身體。

他繞到暗巷之中，戴上帽子，出來，看看腳下，影子沒了，這才感到安心。

他亂按著對面公寓各戶電鈴，直到有人按下對講機的開門鍵。

他溜進了這棟公寓，向上走，來到那國中生家門前，按了一下電鈴。

國中生的母親打開木門向外探望，見沒人，又關上門。

阿善等了十幾秒，又按電鈴，急急促促地按了十幾下。

國中生母親再開門，又沒人，不禁有些氣惱地埋怨：「誰呀？」

阿善正想著要如何誘她開門之時，那國中生母親便自己開了鐵門，到樓梯間上下張望，想找出那個按電鈴的人，自然是什麼也找不著，只能悻悻地回家，還得急急忙忙地喊老公起床，準備兩人一同上班。

阿善已經在客廳之中了。

他倚在牆邊，愣愣地看著國中生父母和樂地吃著早餐，談論著兒子學校生活，談論著兒子追求校花的糗事。

氣氛怎麼和自己家裡差那麼多？

阿善強耐著某種情緒，莫名地嫉妒起那國中生。一直等到這對夫妻相偕出門上班，這才有所動作，四處探了探，家中只有他了。

國中生家裡不算富有，家具物品都樸樸素素的，沒什麼值得偷的，他拿著扇子四處找櫃子搧，也只搧出掉落在角落的硬幣。

他到了國中生的房間，凌凌亂亂的一間男孩房，凌亂程度和阿善的套房等級相同，氣氛卻有些不同，充滿了朝氣。牆上貼著籃球和棒球明星的海報，以及掙來的獎狀。

「哼，真是很典型的笨蛋家庭……」阿善不屑地朝國中生的枕頭吐了口口水，他厭惡這房間的男孩朝氣，他厭惡這國中生每日那般無憂無慮的面容。阿善像是一塊陰暗角落的霉，恨透了陽光，和一切與陽光有類似意義的東西，那會使他隱隱感到慚穢、羞愧。

像是電影裡的僵屍沾著了糯米一般。

「哼哼！沒前途的傢伙……」阿善在房間中四處摸索著，看看有什麼可以偷的東西，桌上有個撲滿，是透明的塑膠瓶，裡頭只有一枚十元和幾枚一元，他連偷都懶了。

阿善又見到床頭有個小禮盒，繫上了緞帶，還有一封信。

「這每天鬼叫的臭小子竟然還有人會送東西給他！」阿善跳上床，拿起禮盒搖搖晃晃，檢視一番，又看了看信上署名，嘿嘿地說：「原來是他要送女生的，嘿，瞧瞧！」

阿善將那信封左右翻轉，那信封黏得頗緊密，想揭開可不容易，阿善拿著扇子，朝著信封亂搧，裡頭的信便像是一灘泥水般，自極小的縫細中溢出，平整地攤在阿善手上。阿善揭開信看：

美鳳，敬啟者，近來可好？妳在學校裡過得可好？預祝妳生日快樂。妳喜歡聽歌嗎？我喜歡的歌手不知道妳喜不喜歡？功課還好嗎？妳那麼漂亮，功課又好，一定瞧不起我吧？無所謂，我是一個視孤寂為常態的男人。陳志邦說我像一匹狼，時常一個人在校園奔跑。李又常也這麼說。班上有人傳妳喜歡張小治，我卻覺得妳最近跟楊起秋走很近，妳喜歡他嗎？其實我無所謂，我是一匹孤獨狼，妳從不知道這匹狼默默看著妳。對了，妳喜歡什麼歌手呢……

「操！寫什麼鬼？」阿善只看了五分之一，再也忍受不了，將信撕碎，衝到廁所扔進馬桶沖了。他重回國中生房間，在書桌上翻出了同樣的信紙和筆，歪著頭想，自言自語：「我來替他寫一封……」

阿善回想著過去學生生涯時愛慕的女孩，但那些女孩都不喜歡他，說他是笨蛋，討厭他只會惹是生非。阿善不回想還好，越想越火，索性在信紙上寫了：

美鳳，妳穿什麼尺碼的奶罩？我家賣奶罩的，過年我送一箱給妳。就這樣，不囉唆，祝妳生日他媽的快樂。

阿善本來想寫更多心底話，倒是想起雖然戴上了手套，這字跡可是自己的，便也草草了事，將信折好，用扇子搧回了信封裡，拿在手上左看右看，完全沒有拆過的痕跡，很好，完美無缺。

他又檢視了那小禮盒，用扇子搧搧搧，搧出一本空白日記，書裡內頁寫了一句：

送妳一本空白日記，願妳時常寫下關於我的事。

「……」阿善想起自己的手記小冊空白頁倒是所剩不多，便將這日記收入布袋之中，接著溜進國中生父母睡房，東翻西找，捏出一件肉色舊奶罩，那是國中生他娘的。

阿善翻出一枝奇異筆，在奶罩外側左右各自畫上兩枚星星，翻面，在內裡左半球中畫一張嘴巴，生有利齒，右半球則填上「好吃」二字。

「這是邪惡大王給你的懲罰……」阿善用扇子將奶罩搧回禮盒之中，拍了拍手說：「看你還敢不敢吵老子睡覺。」

阿善報復完畢，神清氣爽地離開這國中生的家，在街上晃蕩，他也不急著行竊，而是四處蹓躂、挑選對象，想一次幹票大的，例如有錢人家的保險箱什麼的，畢竟用扇子搧出一筆一筆的小錢也挺麻煩。

整條街有不少他認識的街坊，右邊樓房有個漂亮女大學生，每天充滿朝氣地上下學；那大學生樓上還有個美艷上班小姐，總是冷冰冰的，阿善從沒見過她給過自己好眼色瞧；左邊一樓是個大嗓門的老頭，一天到晚和街角的幾隻流浪狗過不去，說牠們吵人；隔街的豆漿店，老闆娘可潑辣了，有次阿善嫌她豆漿端得慢了，她竟然整杯砸過來。

「那歐巴桑……」阿善想起那老闆娘兇惡模樣，不由得呼喝兩聲，心想又是邪惡大王大展身手的時機了。

他穿過馬路，來到那豆漿店，老闆娘忙進忙出的，阿善就是找不到動手機會，覺得索然無趣，只是隨手弄翻一些醬油、辣椒醬什麼的，給店裡製造麻煩。他正想著更激烈的手段時，便聽見幾個客人在談論些街坊八卦，是關於附近一個有錢老頭的故事。

有錢老頭是個老好人，幾個兒女遠居國外，家中只有老頭和看護同住。

這老頭阿善倒也知道，畢竟他本行就是個偷兒，他早想上這老頭家行竊了，就是苦於不知怎麼下手，害怕有錢人家的防盜措施好得很。現下有了賊神爺爺的寶貝，還有什麼地方攔得了他。

阿善有了目標，頓時精神飛揚起來，也不幹些無聊惡作劇了，專心地聽客人講那老頭的八卦。

八卦是三個月前，照料那老頭多年的看護回鄉探親，新來的臨時看護素質似乎不是很好，每天出門買菜都是一張臭臉，且會花用菜錢買些亂七八糟的東西回家。老頭也沒說什麼，最近甚少見老頭出門，也不知道是不是病了。那看護倒是每日打扮得更花俏了，時常早出晚歸，也不知道上哪兒去幹些什麼事。

阿善還沒吃早餐，肚子有點餓，隨手摸了幾個燒餅藏進布袋，離開豆漿店，邊走邊吃。

這日天氣不像前幾日那樣冷，阿善走了好一段路，出了一身汗，不知怎地，就是不想將黑棉襖帽子摘下。他不想讓任何人看見他，他只隱身了一個晚上和一個清晨，就沉溺在不為人所見的世界中了，似乎唯有這樣，他才能挺起胸膛在路上走路。

他好久沒有挺起胸膛走路了。

他終於來到那老頭所住之處，是間獨棟洋房。

他按著電鈴，按了十幾二十下，看護這才臭著臉穿過院子出來，阿善趁看護打開大門查看之際，閃身溜了進去。

小院子的花都枯了，零零碎碎的垃圾散落在庭院各個角落。

他搶先一步自敞開的門進入洋房之中。有錢人家的房子果然不同凡響，家具的材質就是不一樣，都是高貴木料，天花板還垂掛著一盞華麗水晶燈。

女看護也進屋了，還喃喃咒罵著：「哪個王八蛋惡作劇！」

阿善瞧她幾眼，這看護三十來歲，模樣生的不壞，但脾氣似乎不太好，和看護這行的基本條件有些駁逆。

只見看護又窩回名貴沙發上，將耳機塞入耳裡，嘴巴隨著音樂哼唱。

「小蕙，小蕙……我起來啦，來扶我一把……」老頭的呢喃聲自樓上透出，聲音聽來有些虛弱，戴著耳機的小蕙當然聽不到。

阿善在客廳兜了一圈，找著樓梯，循著聲音上樓。老頭臥房門敞開著，房間不大，只有數坪大小，厚厚的窗簾將房間遮得昏暗，老頭癱躺在臥房之中一張小床上，左腳和左手蠕動著，像是想要翻身。

「小蕙……小蕙……」老頭咿咿呀呀地嚷嚷著。

阿善呆愣愣地倚在門邊看著老頭。

「喂——」小蕙懶洋洋地上樓，還講著手機，和電話那頭有說有笑。

阿善趕緊側身讓道，讓小蕙進房。小蕙順手將窗簾拉開，刺眼陽光映入，那老頭咧嘴笑了，又呢喃地說：「小蕙……扶我坐起來……躺著不舒服……」

小蕙仍在和電話那頭說話，聽老頭喚她，十分不耐煩，轉頭罵著：「爸！別吵，我和大哥說話！」

阿善怔了怔，心想這看護竟是老頭女兒。

「是妳哥哥呀，給我聽聽，我和他講話……」老頭眼睛亮了亮，微微伸手朝著話筒。

「啊呀，大哥從美國打來的，他還在工作，很忙，吩咐一些事而已，你會妨礙到他。」小蕙急急地說，接著又嘻嘻笑著和電話那端對話。

「唔唔……」老頭點點頭，無奈地蠕動身子，但右半邊身子就是不聽使喚。

小蕙邊講著手機，又出了房門，聽見房裡老頭咿咿地呼喚，回頭惱火地說：「別吵，我替你做吃的！」

老頭看著小蕙離去的背影，抿著嘴巴，神情有些失落，呢喃地說：「我想坐起來……躺著不舒服……」

阿善看著窗外映入的陽光，轉身跟著小蕙下樓，一路繞進廚房。

「就是說呀……煩死人了，一天到晚找我麻煩，一會兒要翻身，一會兒要拉屎，唉……」小蕙壓低聲音，和電話筒那頭埋怨，又說：「做，當然要做下去，哎，不是……」

「上個月死老鬼跌了一跤，現在不能動了，腦袋大概也摔壞了，把我當成他女兒啦，我在這裡有吃有住還有錢拿，就是得受死老鬼的氣……也算划得來啦，你不知道，他一天到晚說，要是他掛了，要我把他房間那個保險箱打開，說裡頭的金條、首飾、股票、房契什麼的分給他四個兒女，可是我問他保險箱密碼，他又不說，說他還沒死，你說可不可惡！我現在就跟他耗，騙他說出密碼，東西到手就閃，死老鬼就放給他死，哈哈哈……放心啦，我來的時候給的是假資料，正職那個看護急著回鄉下處理事情，沒仔細看。現在死老鬼神智不清，附近也沒人認識我！」

「……」阿善倚在門邊，這才知道這「小蕙」是假的，不是老頭的女兒，是個見利忘義的看護。

阿善神色漠然，他應當要給「假小蕙」鼓掌拍手的，假小蕙的手段比阿善還要高明、卑劣許多，照理說完全符合阿善的為惡至上論。但不知怎地，阿善對小蕙絲毫沒有認同感，完全不想將她畫入自己這方。

這是為什麼，自己還不夠壞嗎？阿善有些茫然，再度上樓，老頭仍在掙扎，想要翻身坐起。

阿善默默看著，又看看老頭床邊，果然有一個大保險箱。他輕輕繞過老頭的小床，伸手撫摸那保險箱，手指觸在那保險箱上，冰涼涼的感覺透過棉布手套傳至指尖。

假小蕙上來了，端了一碗粥，說是粥，也只是稀飯摻幾片海苔而已。

「我想坐起來……小蕙……扶我坐起來……」老頭呢喃說著，語音有些哽咽。

假小蕙哼的一聲，一把抓著老頭後領，粗魯蠻橫地將他提得坐起，老頭瘦成了一副皮包骨，歪歪斜斜頹喪坐著。

假小蕙拉來板凳，輕咳兩聲，深吸口氣，像是變了一個人般，舀起一杓稀飯在嘴邊輕吹，湊近老頭的口，柔聲說：「爸，吃飯。」

老頭的眼中泛著淚光，咧嘴笑了，也不再埋怨屁股瘦疼，靜靜吃下這口稀飯。

假小蕙繼續餵著，突然開口問：「爸，你跟我說，說你死了之後，要我開保險箱，但是我不知道密碼，怎麼幫你開啊？要是你死了，沒人知道密碼，誰都開不了保險箱了不是嗎？」

「小蕙呀……我什麼時候死，我自己最清楚……妳不用擔心呀……」老頭口齒不清地說。

「人總怕有個萬一，還是你先告訴我。」

「不好不好……保險箱裡裝著福氣，到時候妳和妳兩個哥哥、妳姊姊一起開，四個人都沾上福氣，現在開……福氣要溜走了……」老頭呢喃地答。

「爸，你不要迷信！」假小蕙有些惱火。

「小蕙，我背有些疼……屁股也有些難受……」老頭唉呦幾聲，左手無力地想掀衣服。

那是褥瘡，長期臥病在床的人身上會有這玩意兒。

阿善摔過車，在醫院躺了幾個月，四肢有三肢不能動，翻不了身，沒人探望過他，連護士也不怎麼理睬他，他長過這玩意兒，知道這玩意兒難受。

「爸，這樣好了，你先告訴我密碼，我抄起來，不開保險箱，等大哥一起開。」

「小蕙……我的背疼得難受……妳去找個醫生替我看看……」老頭的手瘦軟無力地垂下，連掀衣服的力氣都沒有。

「我要去上班了，回來帶醫生幫你看。」假小蕙搶回飯碗，將碗放在床旁小櫃上，接著一把將老頭壓得躺下，轉身氣呼呼地下樓。

阿善倚在樓梯之上向下看，只見假小蕙拿著手機不知在抱怨些什麼，接著花了三十分鐘化妝，然後出門。

阿善發了好半晌愣，在這屋子裡四處繞著，找著了假小蕙的房間，拿著扇子在床頭櫃上的小化妝台裡搧出了一些鈔票，是她當看護的薪水。

那扇子也奇妙，會以錢財為優先，鈔票沒了，接著搧出化妝品。阿善閒來無事，上廁所撇了泡尿，用小杯裝著，將假小蕙的化妝品一一轉開蓋子，每瓶都倒幾滴進去。

他玩了好一會兒，又回到老頭的房間，老頭身子側傾著，無力地伸長了手，往那床邊小櫃搆，他想搆那碗，他肚子餓了。

阿善的喉結動了兩下，心中似乎在掙扎著些什麼，他挪了挪身子，往老頭床邊移動。

老頭口半張著，發出了噫噫呀呀的聲音，手好不容易搆上了小櫃，另一隻撐著身子的手不住地發著抖。

老頭搆上小櫃的手也抖，盡力地向碗探。

阿善吸了口氣，悄悄伸手過去，將那碗緩緩地、緩緩地向老頭的手推去。

老頭終於搆著了碗，他試圖將碗抬起，卻失敗了，只能盡力地拉動，阿善伸手穩著那碗，在老頭將碗拉到桌緣時，輕輕地托住了碗底，使之不致翻倒。

老頭似乎也驚奇著這碗出乎意料的輕巧、好拿，他呵呵笑了，發著抖，將碗拿起。

阿善的腦袋轟隆隆響著，他突然發覺自己這般舉動，完全違反了他的為惡至上理論，於是他鬆開了手。

盛滿薄粥的碗，迅速地落下，砸碎，粥水淋漓。

阿善感到全身發麻，他趕緊轉身，不敢去看那老頭驚愕失望的神情，他步出房間，加快腳步下樓，他聽見了那樓上那老頭悲愴的嗚咽聲音。

阿善奔出豪宅，情緒激動地向外奔跑，他的跑步聲嚇到了靠他較近的路人。阿善咧著嘴巴，卻笑不出聲；他的臉上堆著的是笑容，卻絲毫感覺不到愉悅開心；他很想給自己大力鼓舞，因為自己又離「惡」更近了。

但他一點也不開心。

他全身都刺麻麻的，心臟跳得極快，他在人潮熙攘的街道之中左顧右盼，明明人們看不見他，他卻仍然像隻見著了光的蟑螂一樣，感到全身都不自在，他覺得所有的人都是敵人，都是和他立場相反的人，就連天上的太陽，也是他的敵人。但諷刺的是，他剛才明明做了一件有利於自己信仰的事，做了一件壞人才會做的事，做了一件沒有良心的人才會做的事，可是他一點也感受不到成就感、滿足感，反而感到大大的惶恐、焦躁和不安。

他驚慌地快步走著，挑著偏僻、狹小、陰暗的小巷中走，他出了一身汗，緊張焦慮使他覺得更熱，但是他不能脫下賊神爺爺的隱身棉襖，他已經完全不敢讓任何人看見他，他得時時拉緊棉襖衣領，或是看看腳下，確認沒有影子，確認自己是隱形的，這才覺得安心。

他瑟縮在暗巷之中，蹲坐在紙箱邊，強耐著焦慮感，腦中的想法進行交戰。

「幹，我在怕什麼，我有法寶了。我即將成為萬惡之神！到時候……到時候嘿嘿嘿！」他低聲自語地激勵自己，但仍然被一個正巧經過他身邊的小孩嚇著。

他有些惱怒，伸出一腳，將那小孩絆倒，見那小孩哭得哇哇作響，這才覺得滿足。

他換了許多地方，大都是挑些陰暗的角落待著，幻想著自己成為邪惡大王之後，要如何分配自己的手下，要坐擁什麼樣的皇宮豪宅。他摸摸懷中的神奇布袋跟神奇扇子，由於他已經知道這些寶物的效果，便也不急著從每個人的身上偷竊些小錢了，就連方才那老頭等級的有錢人，也算不上什麼，他開始盤算要侵入哪一家銀行，一次就取得夠用的鈔票。

這樣的幻想持續了很久，直到他感到腹中飢餓，天色漸漸昏暗，這才決定應該吃些什麼，這時他不像白天時那樣焦慮，黑暗似乎讓他安心些，他深吸幾口氣，將帽子掀起，當他看到讓街燈映在地上的影子時，不由得發起了抖，他又現形了，大家能看得到他了。

他膽戰心驚地走出巷子，頭低低的，不敢和任何人目光相接。他在小攤前買了一些小吃，漫無目的地走著、吃著，和幾個路人對了幾眼，突然覺得十分惶恐，又怕賊神爺爺突然出現，會將他逮著，他食之無味，又躲回了暗巷之中，想要戴上帽子。

這時，他看到巷子那頭躺在地上的狗，他想起了這狗，昨天可憐兮兮地向他乞食的傢伙。

「哼哼……上次給你機會，你真不識相……」阿善拍拍手中尚餘一大袋的食物，覺得要當邪惡大王，收幾個邪惡手下也是好事，他對自己的心虛感到極不滿意，這時他需要一些志同道合的伙伴壯膽，一同建立他的邪惡帝國。

「笨狗,大哥我給你點好處,以後你就跟我了呵。」阿善摸摸鼻子,快步走向那狗,那狗躺著,一動也不動。

阿善搖搖手中的食物袋,拍拍袋子使香味溢出,狗仍然不動。

阿善捏了個雞塊扔在那狗身旁,狗仍然不動。

狗已經死了,那身瘦得皮貼著骨頭的身軀,不會上下起伏了。

阿善上前用腳撥了撥狗的身子,用指頭戳了戳牠,身子還是軟的,但已經冷了,眼睛是混濁的。

阿善拋下了食物袋,任其中食物滾落下地,他覺得天旋地轉,扶著牆壁嘔吐起來,將方才吃下的食物又吐了出來。

「死掉了……沒有東西吃……活活餓死了……」阿善搖搖晃晃地走出巷子,突然發覺自己還沒戴上帽子,被幾個人看見了,他尖叫一聲,躲回巷子,他嚇死了,那幾個路人也嚇了好大一跳。

他重出巷子時,已經隱了身,他失魂落魄地走著,走著走著,又回到了那老頭的豪宅前，心中隱隱不安。

他用同樣的方法進入屋裡。屋裡很多人，這使他有些驚訝，那些人都是假小蕙的朋友，是八個男男女女，都二十來歲。

假小蕙氣沖沖地進屋，怒罵：「不知道是那個小鬼惡作劇，一天到晚亂按別人家電鈴，要是讓我抓到了，非扒他一層皮不可。」

假小蕙的朋友窩在客廳，歡暢談天、抽菸、喝酒，阿善見到桌上還有幾包透明小袋中裝著一粒一粒的藥丸子，看那些年輕男女說話模樣，其中有兩個大概已經嗑了小袋中的藥丸，說起話來嘟嘟囔囔的。

「喂！你們別只顧著玩，幫我想點辦法，要怎樣才能讓老頭開保險箱。」假小蕙壓低聲音問。

「妳這樣問，不怕給他聽到？」一個女孩笑著說。

「死老鬼有重聽，又下不了床，我跟他說我看電視。」假小蕙拿起根菸，抽了兩口：「本來你們打電話來，我都騙死老鬼是他兒子、女兒打來的，可是今天下午，那個回鄉下的看護說這幾天會提前回來，那時候她見到死老鬼變成這樣，我可麻煩，你們想個辦法，趕快把保險箱打開，我們把裡面的東西分一分就閃人。」

「裡頭到底有什麼東西啊？」

「有金條、首飾，應該也有現金，是那死老鬼說的。」

「大家出點主意……」

阿善沒有聽完他們的對話，便自顧自地上樓，他輕輕轉開門，老頭房裡開著小燈，老頭側頭看著窗，那窗子讓窗簾遮了，老頭仍一動也不動地看著窗戶。阿善在房中繞了幾圈，不知道自己為何而來，也不知道自己接下來該做什麼之時，就聽到外頭的嘻笑聲漸漸逼近了。

門推開了，幾個人影背著光進來，阿善看不清他們的神情，卻似乎嗅得到一種氣息。

假小蕙和眾人圍在床邊，老頭噫噫呀呀地想要起身，似乎還不知道發生了什麼事，他問：「小蕙呀，有人來啦？是誰來啦？樓下好多人吶！」

「有些是我的朋友，爸爸。」假小蕙將老頭扶坐起身，替老頭整了整枕頭，輕輕拂著老頭的背，拍著老頭枯瘦的手說：「爸爸，大哥他們也回來看你啦，把保險箱的密碼告訴我們吧。」

老頭眼神空洞地看著床邊一排人，抿了抿嘴，低下頭說：「小蕙啊，妳大哥沒來，妳二哥也沒來，還有妳大姊都沒來，他們上哪兒去啦？」

假小蕙神情開始不耐，說：「爸爸，你老眼昏花，看不清楚啦，吶，這是大哥，這是二哥，這是大姊……」

假小蕙一邊講，一邊拉著身旁朋友的手，去握老頭的手，其中幾個女孩忍不住嘻嘻笑了起來，低聲起鬨：「噫，好噁心，我才不要碰老人的手。」

老頭仍然搖頭，說：「妳大哥沒來，妳二哥也沒來……這些是什麼人呀！」

「哼！」假小蕙身旁那高壯男人一屁股在床邊坐下，抓起了老頭的手，大力握著，說：「老爸、老爸，你不認識我啦，我是大明啦，我是你兒子啦，快把保險箱密碼告訴你兒子啦！」

老頭張大了口，想將手抽回來，卻虛弱地使不上力，只能哎哎喚了起來：

「我的兒子不叫大明，你放開手……」

床邊眾人一下子鬨笑嬉鬧起來，那「大明」也哈哈地笑，大力握著老頭的手，用力搖晃著，喊：「快說，快說！密碼多少？你記不記得？快告訴我，快告訴你兒子，別小氣了，快說啦。」

「疼啊……」老頭渾身發抖，噫噫呀呀地喊了起來。

「快說，你說啊！」

「密碼是多少？」

「保險櫃的密碼！」

阿善見到老頭被圍在人牆之中，噫噫呀呀地流著淚，瘦弱的身子讓幾個年輕人你一手我一手地推著，他們像是在玩，藥物和酒精的催化使他們臉上表情不像是人的表情。阿善這才想起剛剛見他們進來時，散發著的那股氣息，是畜生的氣息。

「說呀，說呀。」一個豬鼻子、滿臉雀斑的女孩，拿著小櫃上花瓶的花，倒轉，以滴著水的花枝戳刺老頭的脖頸、耳朵，在老頭的腦袋瓜上抽打，同時五官糾結，露出一口歪牙，笑聲像鴨子一般。

「說呀，說呀。」一個留著金色長髮、耳朵上掛了個大耳環的矮個子男孩，在另一邊，伸手拍著老頭的臉，或是伸手在他手臂上擰著，說。

「說呀，說呀。」一個面貌尚稱秀麗，高䠷白瘦的女孩，像捉弄小動物般地拉著老頭稀疏的頭髮，一根一根拔下。

假小蕙倚在一旁，和朋友嘻嘻哈哈笑著，不時睨著眼睛偷看那老頭，和朋友說：「死老鬼犯賤，敬酒不吃吃罰酒。」

原來壞人是這個樣子的。

阿善看了假小蕙一眼，心中像是閃過幾道光芒，一陣一陣的撕裂感在胸口此起彼落，他大步上前，掄起拳頭，扳動每個人的肩背，不等那人開口，便重重一拳揮去，擊在他們的鼻梁上，女的也一樣，阿善此時也不覺得自己打了哪個女人，他只覺得自己一拳一拳，打的都是公的畜生，跟母的畜生。

「鬼啊——」這兩個字在一分鐘之內此起彼落，大夥看不見阿善，身子卻左邊疼一下，右邊疼一下。

那個豬鼻子、滿臉雀斑的女孩，被阿善打了三拳，全都準確地命中她的豬鼻子，這使得她的豬鼻子一下腫大了百分之十五，鼻血淌了滿嘴和下巴，像是豬隻被宰似地嚎叫，第一個奪門而出。

那個矮個子金髮男孩，被阿善揪著頭髮摔在地上，耳朵上的耳環也給阿善扯了下來，痛得他又哭又叫，滿地打滾。

那個面貌秀麗、高眺瘦白的女孩，阿善自然是不會放過，先是摸了她屁股幾下，調虎離山地將她的手誘去臀部護衛，接著轉向攻她的胸。阿善的食指和中指彎曲成夾狀，猛一夾中她的乳尖，擰扭三百六十度。那女孩登時沒辦法克制自己的尿像水壩潰堤一般炸出。

第一個動手的大明，讓阿善打趴在門口，狠狠地朝他胯下踹了一腳。

假小蕙是讓阿善揪著頭髮揪出門外的，阿善將假小蕙揪出房門時，其他的畜生朋友們早抹著鼻血、屁滾尿流地逃出了這大宅。

假小蕙拚命掙扎著，在拉扯之間，阿善倒也佔不了太多便宜，讓假小蕙抓了好幾痕，他火冒三丈，做了個鬼臉，正對著假小蕙，突地將棉襖帽子掀開，只見假小蕙瞪大了眼睛，接著眼睛翻白，暈了過去。

「操！誰准妳睡？起來，起來！」阿善蓋回帽子，踢著假小蕙的屁股，拿客廳桌上的啤酒淋她，又將她淋得醒了。

「妳是不是沒有爸爸媽媽？還是沒有爺爺奶奶？妳……妳……妳……」阿善揪著假小蕙的頭髮，掙扎了半晌，牙齒都在打顫，一句對他自己是那樣的諷刺、矛盾、突兀和荒謬的話自心肺底層竄出，激烈昂揚地滾過喉嚨，迸發出口：「還是妳沒有良心？」

阿善突然一呆，被自己這句話嚇傻了，在那麼一瞬間裡，他還以為自己給附身了，在他回神之時，假小蕙也跌跌撞撞地逃了。

阿善在原地癱坐倒下，看著天花板上那盞水晶吊燈，心中茫然失措，不曉得是自己堅信不移的信仰出現了裂痕，抑或是那玩意兒本來就是個漏洞百出、七零八落的偏執理論。

「小蕙——小蕙——」老頭的聲音又從樓上傳下。

阿善聽了那老頭聲音，連忙撐起身子，幾步奔上樓梯，心想那虛弱的老頭沒讓這一陣激烈的騷動打鬧給嚇死，也真不簡單。

阿善從門外向房間裡頭望，只見老頭呆愣茫然，歪歪斜斜地坐在床上，似乎已經不記得方才那陣騷動，只是輕揉著手臂上讓那群年輕人捏出的幾塊烏青，沙啞地說：「小蕙呀，房子裡有蚊子……咬人好疼呀，我的背也疼，替爸爸找個大夫吧……小蕙……」

「來幫爸爸躺下，我坐著不舒服……哎……疼啊……」老頭呢喃著，自個兒試著躺下，躺得姿勢歪斜，卻無力移動身軀。

阿善嘆了口氣，拉下帽子，步入屋裡，將老頭壓在後背底下的枕頭抽出，替他翻身換了個側躺姿勢。

老頭噫噫啊啊看著阿善，眼睛溜溜轉著，似乎十分驚訝。

「呃……我是水電工人，你女兒說家裡馬桶……」

「阿忠……你回來啦……」老頭緩緩伸出手，抓了阿善的臂膀，哽咽地說：「阿忠，好久沒看到你，你瘦啦……你弟弟阿義呢？你妹妹小茹呢？他們日子還好嗎？你吃飯了嗎？我叫小蕙做飯給你吃。小蕙啊——」

阿善撥開了老頭的手，不知該說什麼，嘆了口氣說：「我去叫她。」說完，他下樓，在廚房中晃蕩一圈，熱了稀飯，開了幾個罐頭，全端上樓。

他餵老頭一碗，自己吃一碗，又餵了老頭一碗，接著把餘下的一鍋，全唏哩呼嚕地吃了個鍋底朝天，看著空罐頭覺得十分滿足。

「阿忠啊，小蕙上哪裡去啦？」

「老伯，我跟你說很多次了，我不是阿忠，我是阿善，我是水電工，來你家幫你修馬桶的……」

「阿忠，你說你修什麼……」

「我是阿善，修馬桶。馬桶——」

「阿忠，修好了嗎？」

「修好了。老伯，我是阿善。」

「阿忠，小蕙呢？」

「……她去買菜啦！」阿善伸了個懶腰，轉到老頭背後，掀起老頭睡衣看看，還好，褥瘡尚不嚴重，待會撥通一一九，就說這兒有老人病了，算是仁至義盡了吧。

阿善又替老頭換了個姿勢躺，老頭笑開了嘴，呢呢喃喃地說：「這樣舒服些……」

阿善隨口問著：「老伯，保險箱密碼多少啊？」

老頭沉默了，他紅了眼眶，過了好半晌才說：「等你兩個妹妹、你弟弟都回來，才能打開……現在不是時候啊……唉，你們什麼時候才回來啊？」

「不說也沒關係。」阿善替老頭揉了揉手和腿，自顧自地在床邊坐下，看著那保險箱發呆。老頭則呢呢喃喃地說起往事。

「阿忠啊，你還記不記得以前爸爸我做的紅豆冰呀，好吃啊，我就是靠著這個把你們拉拔大的，我就是靠這個發達的啊……」

「原來老伯你以前賣冰啊……」阿善隨口答著，從口袋取出賊神爺爺的扇子，摸了摸那保險箱，心想自己就算沒密碼，照樣拿得到裡頭的金條、首飾、和現金。

「阿忠啊，爸爸賣的冰啊，是最好吃的，一開始只賣紅豆冰，後來賣綠豆冰……然後又賣牛奶冰……」老頭細細碎碎地和「兒子」說著過往。阿善一面對保險箱搧著扇子，一面聽老頭說話，聽著聽著，手都停下了。

老頭年輕時揹著小箱子去賣冰，賺了錢買了推車，推車變成三輪摩托車，又變成小貨車，然後開店……開第二家店……第三家店……數十年時光飛逝，自老頭口中細細碎碎溜出，彷彿拼成一張一張顏色昏黃的照片，上面記載著老頭的悲傷喜樂、數不清的瑣碎回憶和曾經。

阿善突然想起自己還在搧扇子，卻沒搧出東西來，正覺得奇怪，是否是保險箱縫太密，搧不進風，正這麼想時，一張東西自保險箱門縫溜出。

阿善伸手拿了，那是一張照片，是老頭年輕時的全家福照，照片中的老頭健朗挺拔，老頭的妻子也標緻，四個兒女笑容天真燦爛。

「阿忠啊，那個保險箱裡啊，有我們家到現在的房子的房契和一些金子啊，等你弟弟、你妹妹都到了，就分一分吧。」老頭這麼說，卻又搖搖頭說：「等我要死了，密碼就告訴你，你跟你的弟弟妹妹一塊打開，別讓福氣溜走了……」接著老頭茫然了一會兒又問：「你分了家產，還會常常來看爸爸嗎？」

「當然會。」阿善隨口應著。

「呵呵……好好……」老頭笑了，又呢喃地問：「小蕙呢？怎麼你一來她就不見啦，小蕙——小蕙——」

阿善用力再搧了幾下，什麼也沒搧出來，他突然醒悟，原來老頭的家產早已分了，保險箱裡頭剩下的，便只有回憶了。

只是老頭摔壞了腦袋，以為保險箱裡還是滿的，還在期待他的阿忠、阿義、小蕙跟她姊姊會回來看望他。

「老伯，你看看這個……」阿善默然一陣之後，又幫老頭換了個姿勢，將照片遞給他看，問：「紅豆冰要怎麼做，才會好吃？」

老頭看著照片，笑得哭了，呢呢喃喃地說：「這張照片我找了好久啊，原來掉在地上，我老啦，糊塗啦……這個紅豆冰呀，就是要……」

□

這幾天寒流來了，回暖的天氣一下子變得天寒地凍，阿善連連呼出白霧，身上裹著厚重外套，一步一步往山上走。

賊神爺爺身上套著草編的醜陋衣服，垂頭喪氣地窩在那小廟供桌旁，玩弄著手中幾枚葉子，一見到阿善過來，先是啊了一聲，接著翻身跳起，鬼吼鬼叫地衝了上來。

「滿滿一瓶要一口喝掉。」阿善遞去一瓶酒，賊神爺爺一把搶去酒瓶，咬開瓶蓋，大口咕嚕將酒喝去一半，看了看阿善幾眼，抬腳就要踢他。

「賊神爺爺，別打我！你會把酒跟烤雞都打破！」阿善笑著跳開，從懷中掏出那布袋，又從布袋裡頭取出一瓶酒，接著取出了烤雞、烤鴨、炸雞、滷菜、豬腳等美食，將供桌堆得滿滿的。

「喔喔！」賊神爺爺歡呼一聲，隨手將一隻雞啃去半邊，吃得滿嘴油膩，看了看手中酒瓶子，小小啜了一口，又大口啃雞，再小小啜了一口酒。

「哈哈……」阿善見賊神爺爺這樣，笑了出來，又從布袋掏出一瓶酒給賊神爺爺，再掏出一瓶酒，自己開了。

「袋子裡還有多少酒呦？」賊神爺爺問。

「你自己看吧，足夠喝死你。」阿善將布袋拋還給賊神爺爺，賊神爺爺左手拿雞，右手拿酒，便用嘴咬著布袋，雙眼往裡頭瞧，呵呵笑了出來，含糊不清地說：「真棒，真棒！這些都是阿善你偷的呦。」

「一部分是啦，有些是買的，用裡頭原本的錢，跟我自己的錢……買來孝敬您老人家的。」阿善也灌了一口酒，滿足地哈出一團白霧，指指布袋說：「你的扇子跟隱身棉襖，都在裡頭，全還給你。」

賊神爺爺取出棉襖穿上，取出扇子揮了揮，大聲歡呼著：「太好了，太好了，我又變成賊神了呦，哈哈！」

賊神爺爺歡呼完畢，又喝掉三瓶酒，吃掉燒鴨和炸雞，這才問阿善：「為什麼你把東西還給我呦？你不想做賊神嗎？」

「算是吧……我以後不想再偷東西了。」阿善手中那瓶酒也喝去了一半，臉紅潤了些。

「為什麼？你不是要做壞人嗎？」

「不做了……」

「做壞人沒意思，見不了光，又惹人厭……」阿善若有所思地看著天空，儘管天冷，陽光仍賣力地往地上灑。

「幹！」阿善哈哈一笑，又灌了一口酒，大聲說：「本來就是嘛，哈哈，白癡啊我！我真是白癡啊！哈哈！」

「你知道自己白癡，那也就不那麼白癡呦，好徒弟，賊神爺爺我原諒你啦，一起吃菜吧。」賊神爺爺哈哈一笑。

「誰你徒弟啊，我都說不做賊了，你去找別人吧。」

「不做賊，你要做什麼呦？」

「我賣冰。」阿善喝著酒，豪氣地說。

「這麼冷的天氣，你要賣給鬼呦？」

阿善得意說著：「不試試看，怎麼會知道。再不然過兩天等我開始賣冰，你可以來買。」

「買你個屁呦，我要去偷你的冰。」

「哈哈，你儘管來！」阿善舉起酒瓶，和賊神爺爺的瓶子互碰了碰，說：「喝乾酒瓶，看誰先醉！」

「當然是你先醉呦！」賊神爺爺又掏出好幾瓶酒，高興地喝著。

一陣風吹來，寒意逼人，阿善卻不覺得冷，他的喉間流過了酒，暖意直入胃囊，而他的心更是暖呼呼的，他覺得自己終於能夠抬起頭來做人了。他大笑著和賊神爺爺比拚喝酒，朝天空吶喊，叫冷風別再吹了。

〈賊神爺爺〉完

暖暖

透過十七樓的玻璃窗往外看，底下幾條交岔道路像是銀河，密密麻麻的金黃色光點緩緩流動著，當路口的號誌燈由綠轉紅時，道路會剎起一片鮮紅色的光點，閃閃發亮著。

各式各樣的光將摻了反光材質的柏油路面映得有如珠寶盒，天橋上走著一批一批的人，騎樓裡也走著一批一批的人。他們從各棟大樓之中擁出，往自己的汽車、機車停放處走去；往餐廳、小吃攤、便利商店等地方走去，或是往公車站、捷運車站等大眾運輸站點走去。

但是俞立風沒有身在其中，他本來應當和底下那些人一樣，準備吃飯或是返家。此時近晚間七點，是下班時間。俞立風大約有整整一年沒有準時下班了，儘管他每日準時上班。

窗外是那樣的熱鬧，窗子裡頭卻瀰漫著一股冰凍肅穆的感覺，肅穆之中還夾雜著尷尬、竊喜、隔山觀火、幸災樂禍，和各式各樣的意圖與心機。

長桌兩側坐滿了人，是公司各個部門的主管和主管們的得力手下。

俞立風坐在靠窗的一側，他聽見幾聲咳嗽，立刻將視線從窗外拉回公司的會議桌上，他感到喉間有些乾燥，拿起水杯喝了一口，目光所及之處使他胸口感到一陣痠麻刺疼緊縮。那是因為和坐在斜對角的李嘉宥目光交錯所致。

李嘉宥是他的前女友。

會議桌前起身說話的韓SIR正在做最後的報告，韓SIR這個外號源自本名韓舍，韓SIR和俞立風是公司之中兩個部門的主管，各自掌管著十來名員工，負責性質相近的工作。

俞立風拉了拉衣領透氣，三天前，他帶的部門搞砸了一份公司派下的極重要案子，讓公司有可能承受重大損失，韓SIR接手這件案子，替他收拾爛攤子。而這次會議，正是韓SIR對這件案子提出的處理報告，也因為如此，一同參與會議的俞立風更是格外地坐立難安。

全公司的人都知道，俞立風和韓SIR是競爭者，他們負責的工作內容性質相近，兩人學歷都相當耀眼，樣貌同樣英挺迷人，談吐舉止同樣都具備都會菁英該有的風度和氣質，眼睛中也都閃耀著自信的光芒。

公司上上下下時常在猜測，兩人再上一層的位置，即將隨著周老退休而出現空缺，取而代之者是俞立風？還是韓 SIR？不論是誰，他們都年輕得讓人咋舌，俞立風還不到三十歲，韓 SIR 只比俞立風大上幾歲，當年周老接任那位置時，已經快四十了。但也因他們都同樣優秀，讓人不覺得公司高層對他們的賞識有何不妥。

然而這樣的均勢被打破了，俞立風搞砸這件重要案子，讓公司裡所有的人，將他和韓 SIR 分出了高下。同時，諸如韓 SIR 比俞立風成熟穩重、身高比俞立風高了一吋、月薪比俞立風多了三千、衣著比俞立風更有品味等等證明韓 SIR 更為優秀的理由也一一出現。

韓 SIR 微笑地將麥克風放下，整整手中的報告。老闆拍了拍韓 SIR 的肩，示意要他好好加油，同時要另幾個部門全力支援韓 SIR，接著宣布會議結束。

李嘉宥撥撥頭髮站起，和身旁的同事微笑耳語，圍繞在韓 SIR 身邊，談論著該如何支援他。

眾人朗朗攀談之際，俞立風起身，在眾人尚未注意到他時，快速往外走，他倉促行走，還不小心踩著了即將出門的老闆的後鞋跟。

老闆回頭瞪了俞立風一眼，搖搖頭說：「你最近怎麼了？真是讓人失望。」

俞立風後退兩步，眼角飄移到會議桌那端的熱烈景象，耳中還聽見韓 SIR 等人高談闊論如何補救這件案子的談話。

他的心又揪了一下，李嘉宥和韓 SIR 有說有笑的模樣，則是另一個讓他坐立難安的原因。

三週之前，李嘉宥還和他一同上下班，這幾天，李嘉宥已經和韓 SIR 同進同出，成了韓 SIR 的女友。

和李嘉宥激烈爭吵那幾天，使他茫然恍神，忽略了部屬各自負責的工作出現錯誤，導致整件案子出現重大缺失。儘管他已經想好了補救方法，連夜加班趕工，但仍然不能在期限截止之前完成工作。且補救工作壓縮了其他幾件案子的進行，使他手邊數件工作都出現錯亂。

在一週前的進度會議中，他一樣成果都報告不出來，老闆震怒之下，將最重要的案子轉給剛結束手邊工作的韓 SIR 部門。

□

俞立風走出會議室，在長廊之間的飲水機前喝了兩杯水，這才紓解了喉間的不適感。韓 SIR 等人在會議室中的談話聲仍然響亮，俞立風眼前又浮現出在他加班最熱烈的那個晚上，平時總陪著他加班的李嘉宥沒有在他身邊，沒有替他下樓買水煎包，而是在韓 SIR 的車上，撥了通電話，和他協議分手的畫面。

「好。」俞立風當時這樣回答，且掛上電話後仍精準地指揮幾個下屬進行著工作，那晚效率特別之高，他像著了魔般地熱烈工作，在部屬紛紛舉白旗癱倒在桌前瞌睡之時，他仍然雙眼通紅地工作到了清晨。

之後的幾天，他默默看著和自己交往了半年的李嘉宥，開始和韓 SIR 大大方方地同車上班。

他仍然得僵硬微笑地向每一個午休或者下班時前來詢問的同事們回答：「男未婚，女未嫁，多認識朋友，很正常，嘉宥能找到更好的對象，我也替她高興。」

當他同樣的話回答了數十次之後，終於惱怒地向那些仍然不停前來關切，或是向他報告李嘉宥和韓 SIR 交往進度的同事們咆哮。

大家終於不再和他提這檔事，但在他背後，卻對他和李嘉宥、韓 SIR 之間更加議論紛紛，各式各樣的耳語在辦公室的空氣之中流傳。

「我看哪，小俞他私底下脾氣暴躁，說不定還會動手，嘉宥才甩了他的。」

「韓 SIR 比他好多了。」

「我發現他的筆記型電腦裡面藏有很多A片，會不會是心理變態？」

「我看李嘉宥這女人也好不到哪裡去，風往哪吹就往哪邊倒，當初她剛上班，就巴著風哥不放，現在她只是轉換目標罷了。」

□

俞立風在廁所洗了把臉，回到座位，拍拍幾個下屬的肩，說：「前幾天辛苦大家了，要不要吃點什麼？我請你們。」

「剛剛韓 SIR 那邊的人說，待會要去外頭吃飯開會，討論之前那件案子怎麼做。」阿木這麼回答。

俞立風點點頭，想起剛才老闆吩咐幾個部門要支援韓 SIR 的事，當然也包括自己這部門。

韓 SIR 的朗笑聲傳來，領著一票人經過俞立風部門時，探頭進來，敲了敲門板，向俞立風說：「立風，不好意思，需要借你的人來用。」

「你隨便用。」俞立風微笑點頭，向幾個部屬說：「去吧，韓 SIR 請你們吃大餐，順便開會討論工作，這幾天你們跟他。」

幾個俞立風的下屬紛紛起身，跟著韓 SIR 的人馬向外走去，阿木也跟在其中，卻讓韓 SIR 笑著推回辦公室，說：「噢，NoNoNo，你不用。你留下來，幫立風。」

阿木才剛畢業，進入公司只兩個月，這次這件案子搞砸，阿木在工作中犯下的錯誤極其重大，而俞立風犯下的錯誤便是沒有即時發現阿木的錯誤。

阿木尷尬地返回俞立風身邊，看著韓 SIR 一行人浩浩蕩蕩地往電梯處走去，他們似乎聽見當中有人笑鬧著說：「什麼將帶什麼兵，什麼人玩什麼鳥，林火木就留給俞主管用，他們很搭配。」

俞立風收拾完桌上東西，要走出辦公室時，見到阿木仍呆愣在門邊，上前拍了拍阿木的肩，說：「怎不走？」

阿木看著俞立風的臉，突然眼淚落了下來：「風哥，對不起……」

俞立風苦笑了笑，說：「現在可以去喝兩杯了吧。」

□

兩人在日本料理店吃了些東西，還喝了酒，阿木酒量差勁，喝不到兩杯就淚流滿面，開始哭訴：「風哥我對不起你，都是我害的……都是我害的，你罵我吧……」

俞立風只好將他拖出店外，招了輛車替他付足車資，吩咐司機將他載回家。接著再招了另一輛車，轉往自己住處。

那司機近五十歲，一路上呵呵笑著，天南地北地講著瑣事，有時講些政治時事，有時講些開車所見所聞，見俞立風垮著一張臉，便問：「年輕人呀，有什麼心事別憋在心裡，說出來聽聽吶。」

俞立風只是隨口回答：「工作不順。」

「哈哈！這有什麼好愁眉苦臉的，工作不順就讓它順啊！」司機這麼回答，滔滔不絕地說：「你一定是態度散漫，年輕人都是這樣，做事認真點，不要偷懶，這樣就對了。」

「……」俞立風像是給人打了一拳般，想不到下班了還得讓計程車司機教訓他的工作態度，他沒有回話，看著窗外流光，看見幾家以往和李嘉宥一同用餐的餐廳，想起半年來的點點滴滴，一陣悵然襲上心頭，他唔了一聲。

「嘿，年輕人，看你西裝筆挺的，大哥我說的話有沒有聽進去啊？怎麼你的樣子不是工作上的問題，比較像是感情問題、男女問題咧？」司機碎碎問著。

「我工作上出了問題，女人也跟人跑了，還是跟我工作上的對手跑了，現在我每天都要看著他們親密地上下班。」俞立風一口氣說完，還瞪了司機一眼。

「那還真慘，難怪你的臉這麼臭！」司機哈哈一笑，對著後照鏡露出黃牙，見俞立風的臉更臭了，這才收去笑容，正經地說：「男人呀，有什麼事，用肩膀扛，知道嗎？啊哈哈，這樣講真難為情，我年輕的時候，比你更荒唐，簡直……簡直……唉，我年輕時，根本不是人，是畜生王八蛋，但我還不是這樣過來了。」

「多虧了我女兒呀，還有我那一天到晚顯靈揍我的死鬼老爸……」

司機開始講述十幾年前的自己，說自己酗酒賭博、糟蹋妻子，還三不五時痛打女兒出氣的往事。

「年輕人吶，我現在變了個人，我女兒也變了個人，野ㄚ頭變鳳凰，她呀，小時候呆頭呆腦，只會抱著個娃娃自言自語，現在可精明能幹了，她考上台大，成績很好咧！」司機這麼說時，大聲笑著，將車停在俞立風住處的社區大樓前，轉過身掏皮夾，從中取出一張照片，是司機年輕時和老婆的合照，中間那五歲小娃就是司機的女兒，手中還抱著個小洋娃娃。

「嗯，那算是學妹囉……」俞立風點點頭，靜靜地取出褲袋中的鱷紋皮夾，掏出鈔票付錢。

「這是她小時候，我給你看她現在的樣子。」司機接過俞立風遞來的鈔票，一面掏著零錢要找給他，又掏出另一張照片，在俞立風面前晃著，說：「我女兒很美吧，我看你一表人才，也有禮貌，大哥我把女兒介紹給你吧！」

俞立風湊近去看那女孩的照片，照片中的女孩不算太美麗，比不上李嘉宥，但看得出來她的雙眼充滿了朝氣和希望。

「司機大哥，你有個好女兒，恭喜你。」俞立風誠懇地笑了笑，拍拍司機的手，說：「零錢不用找了。」

□

俞立風穿過那社區大樓的別緻中庭，搭上電梯，往十七樓自宅上去，這兒房價不低，一年前俞立風在此購屋時，可得附近大媽大嬸叔叔伯伯賞識了，爭相想要把自己的親戚女兒介紹給這個「有為青年」認識。

他疲憊地開門，關門，開燈，舒了舒身子在那扇能夠眺望城市美景的落地窗邊的躺椅攤下，抱著抱枕看著外頭夜空，這才覺得放鬆了些。在公司時他全身都是繃緊的，他覺得所有人都在看他、談論著他、背地裡說著他的笑話、等著看他出糗。

一直以來，他自視極高，從求學時代一直到出社會，樣樣都要搶第一，他將許多人視為競爭對手，但他絕不背地裡搞小手段、不耍花槍、不放冷箭，他要純粹地、光明正大地超越那些競爭對手們，他要讓大家都心服口服地承認——他是最棒的。

但這次他重重跌了一跤，在工作上、在感情上都是。李嘉宥成了韓 SIR 的女人，然而韓 SIR 對他的態度一點也沒有因此而改變，這更讓俞立風覺得難以忍受，韓 SIR 平時的朗朗笑聲、帶著英文腔的說話聲音，彷彿都散發著這樣的訊息：李嘉宥放棄俞立風而選擇我，這沒什麼；俞立風搞砸了案子由我接手，這沒什麼——因為我本來就比他強。

「你現在可得意了，搶了我的女人，搶了我的工作，搶了我的手下……」

俞立風閉著眼睛，輕輕揉著因為長時間情緒緊繃而發脹疼痛的額頭。突然猛力起身，將抱枕重重摔在躺椅上，大吼一聲：「我看你能得意到什麼時候！」

吼完，俞立風大口地喘氣，突然之間，他覺得這樣子的自己窩囊透了。

他覺得自己不應該憎恨韓 SIR，儘管他一想起韓 SIR 的臉、想起對方的聲音，就覺得討厭，但他仍然覺得自己不應該產生這種情緒，那是一種嫉妒，是一種眼紅。他覺得自己不該去眼紅別人，那樣十分窩囊，那是只有沒能力、小家子氣的人才會有的情緒反應。

俞立風嘆了口氣，重新坐下，突然覺得這個家冷冰冰的，儘管寬敞，儘管家具裝潢是那樣的時尚、別緻、昂貴，但就是讓他覺得冷，是種缺乏情感的冷。他想起南部老家，那小小的房子，和兄弟姊妹一同窩在小房間裡翻看漫畫時的情景，吃著媽媽做的暖呼呼菜餚時，那才是真正的溫暖，不是由昂貴空調放送出的熱，而是一種能讓人徹底放鬆、無憂無慮的暖和感覺。

俞立風覺得自己的眼眶有些濕潤，許多年下來，他將自己包裝得無懈可擊，像是一個功績彪炳的戰士，但當他看向星空、想起往事的這一剎那，他突然不想再做戰士，只想當個平凡的人，他很想有個依靠，讓他在傷心時能夠放鬆地哭出來，而不是硬憋著讓眼睛充血；在開心時能開懷大笑，而不是強擺出「那沒有什麼」的模樣。

當然，這樣的念頭只在一瞬間便消逝了，俞立風轉轉頭，讓頸子發出喀喀的聲音，他笑了笑，重新起身，他當然要繼續當個戰士，繼續向前衝，他現在所擁有的一切，都是他以戰士的身分拚回來的，他當然不會放棄，他要衝到那最高的地方。

俞立風脫下筆挺西裝，換上棉質運動服，下樓，穿過幾條街，來到寬闊公園，他在公園中的曲折步道慢跑，腦中卻是轉著「如何重新得到老闆的信任」、「下一件案子該如何做，讓大家刮目相看」這樣的事。

公園裡有許多的人，大都閒逸地散步或者慢跑，俞立風也混雜於其中，低頭跑著。公園之中有些地方熱鬧，有些地方靜僻，熱鬧的地方往往聚有數十個人，跳著社團舞蹈，或者打著太極功夫，僻靜的地方也有些小情侶摟摟抱抱、卿卿我我。

儘管前頭步道旁的樹叢間一片昏暗，俞立風仍然一眼就注意到了一棵樹下，伏著樹幹的短髮女孩。

「六十八，六十九，七十，大家快點喔，七十一，七十二……」女孩的聲音清晰響亮。

俞立風將視線拉回眼前，繼續思考該如何扳回一城。

「明天開始，我會過得更難過……」俞立風呼了一口白霧，冷風如鞭，颼颼地在他臉上抽打。他幻想著最壞的狀況，公司高層很有可能將他的部門併入韓SIR的部門，屆時，韓SIR會成為他的直屬上司，這是他想也不願去想的事情。

俞立風皺著眉頭，將腦中那可怕的情景甩脫，他惶恐焦躁地奔跑著，不知不覺加快了腳步，在這彎彎曲曲的步道之中繞了一圈。

一個轉彎之後，他又見到了那棵樹和那個短髮女孩。

女孩嘻嘻哈哈地笑著，蹲在草叢邊不知對誰說話。

「咦？」俞立風在離女孩最近之時，只見到女孩蹲伏之處，除了幾叢草外，沒有別人，女孩的手中也沒有手機，她是在自言自語。

當俞立風跑到第三圈時，在同樣的地方，女孩倚靠著樹，靜靜望著天上的月亮。

俞立風終於將女孩的面容看清楚了，那是一個很漂亮、很可愛的女孩，大約是高中生的年紀。

在極短的一瞬間，俞立風的目光和女孩的目光交會，女孩眼睛閃亮亮的。俞立風繼續向前跑著，但是他的目光似乎有些捨不得從女孩那張臉龐上移開。當他又跑了數步後，女孩已在他身後了，他這才看向前方，否則他的頸子就要扭斷了，他往前跑了四十來步後原地小跑三圈，然後掉頭，他想再看一次女孩。

「怎麼他換方向跑了？」女孩在俞立風尚離她有段距離時，就呵呵笑了。

俞立風看見了女孩張口說話，但聽不清楚說些什麼，他經過女孩倚靠著的那棵大樹時，再一次看見女孩開口，笑看著他。

「他像是火車，會冒煙。」女孩又呵呵地笑了，她見到俞立風停下腳步，立時掩住了口，像是做錯事的孩子般站直身子，手不停往身旁撥弄，彷彿她身旁有個看不見的朋友一般。

「小姐，妳和我說話嗎？」俞立風歪斜著頭，用毛巾拭去額頭上的汗滴，鼻子還不停冒出白霧，今天入夜之後，天氣更冷了。

女孩搖搖頭，但見到俞立風一張口，鼻子嘴巴又冒出白霧時，笑得彎下了腰，呢喃地說：「火車會說話……」

「呃……」俞立風有些失措，他抹抹臉，問：「我臉上有什麼嗎？」

「沒有，沒有。」女孩再度站直了身子，努力使笑容退去，再次說：「沒有，你臉上沒東西，但是你的嘴巴跟鼻子在冒煙。」

俞立風嗯了一聲說：「天氣太冷了，這是霧氣……其他人也會。」

「因為你一直在繞圈子，嘴巴冒煙，像是火車。」女孩說著說著又笑了起來，還不停地向身旁撥弄。

「妳很有想像力。」俞立風笑了笑。

「你叫什麼名字啊？」女孩正經地問他。

俞立風自報了姓名，反問：「妳呢？」

「我叫暖暖，意思是每一天都很暖和。」暖暖這麼說，先是鞠了個躬，歪著頭想想不對，又伸出手來，要和俞立風握手，伸手途中卻又縮回，吐了吐舌頭笑著問：「你們交朋友都會握手嗎？但我不喜歡握手。」

「……呃？」

「我可以和你做個朋友嗎？」暖暖眨著眼睛這麼說。

「嗯，可以。」

「太好了，你是我第一個人類朋友，啊呀，不對！我竟然忘記小知了。」

暖暖呢喃自語，撇過頭和空氣呢喃一番，像是在確認些什麼，然後正經地對俞立風說：「你是男人類，你是我第一個男的朋友。」

「呃！等等……」俞立風倒有些受寵若驚，他雖然有太多次由女方主動追求的經驗，但沒有一次像暖暖這樣直截了當。

「咦？我說錯了嗎？」暖暖有些不好意思地退了一步，又呢喃起來，然後說：「人類都是說『男女』不是嗎？還是要叫你『雄朋友』、『公朋友』？」

「我的朋友叫我小俞，或者是阿風。」俞立風摸摸鼻子說。

「那我也叫你小俞好了。」暖暖說：「小俞，你剛剛為什麼換方向跑？」

「因為……」俞立風一瞬間不知該如何回答這個問題，他只好這麼說：「因為我的家在另一邊，我差不多要回家了。」

「太好了，小俞，帶我去你家。」暖暖拍手說，還補充：「我從來沒有去過人的家裡，就連小知的家裡我都沒有去過，我想去小俞你家。」

「妳……」俞立風開始覺得暖暖的口氣像是每日在外遊蕩，靠著男人包養度日的那種女孩了。他看了看暖暖的眼睛，嘆了口氣說：「妳長得這麼漂亮，妳……妳應該要好好愛惜你自己。」

「小俞，我不懂你說什麼，你不喜歡讓我去你家嗎？」暖暖這麼問。

「抱歉，我不能讓妳去我家。」俞立風勉強擠出一個微笑，他自然不否認暖暖的美，但美麗的女性對他而言並非那麼稀奇，他曾經交往過的數個女友，都是美麗的，而暖暖看起來，年紀太小了，這使得俞立風不得不謹慎些，他可不想惹上麻煩。

「我不會搶你的床睡，我只是想看看而已，我沒看過人的家。」暖暖跟在俞立風的背後，隨著他走出了公園，過了馬路。

「妳跟著我也沒用，我不能讓妳進我家，妳沒有地方住的話，我可以帶妳去找警察幫忙。」俞立風十分確定暖暖就是他認定的那種女孩，他搬出了警察，心想或許能嚇退這個美麗卻不懂得珍惜自己的小妹妹。

「警察？你是指身上帶著槍，保護一般人的那種人嗎？」暖暖用十分生澀、拗口的形容方式問。

俞立風聽到了暖暖這樣反問，又不知該如何回答了，他開始猜測，這女孩是否嗑了藥，或是酗酒，但她的眼神怎麼也不像是嗑了藥或是酗過酒。

俞立風不再回答，他快步走著，回到了他的高級社區大樓之中，暖暖一直跟著他，時而呢喃自語。

「妳沒地方睡的話，可以待在那邊，天亮的時候，妳得離開，否則會有警察來帶妳離開。」俞立風指著社區大樓中庭那花圃庭院，他沒有要求警衛老伯趕走暖暖，他覺得或許暖暖不是好女孩，但在這樣的深夜之中，在漆黑的城市裡，孤單的暖暖有可能碰上更壞的人。

當俞立風意識到天氣極冷的當下，突然心軟了起來，他轉身對暖暖說：「外頭有便利商店，如果妳肚子餓的話，可以去買些吃的。嗯……」

「去商店裡買東西嗎，可是我沒有錢。」暖暖這麼回答他。

「我想也是。」俞立風點點頭，掏出兩張百元鈔，交到暖暖手上，再一次正經地對她說：「這是我唯一能幫得上忙的地方了。明天一早，妳必須離開，不然警察就會來帶妳離開。」

「我不能去你家嗎？」

「哼哼，如果妳再大幾歲的話……」俞立風故作輕佻地說：「我其實十分樂意。」

暖暖不解地問：「我記得人類十八歲就已經成年不是嗎？」

「妳十八了嗎？」

「再過兩個月，我就滿二十歲了。」暖暖呵呵地笑，抬頭看了看星空，又補了一句：「那個時候，我就能見到媽媽了。」

「是嗎？看不出來。」俞立風狐疑地看著暖暖，儘管如此，他仍然沒有讓暖暖和他上樓，暖暖也不以為意，拿著俞立風的兩百元，去便利商店，買了幾包話梅，花費好半晌工夫，這才將包裝打開，開心地品嚐話梅。

她是第一次自己在人類的商店之中購買東西，在以往至今的許多年之間，她和花姊姊以及一干動物朋友們去了很多地方，在旅途中不時有新的朋友加入，也有舊的朋友離開。

半年之前，花姊姊去了遠方，暖暖突然覺得，她有著數不清的動物朋友、妖精朋友，但人類朋友卻只有一個，那就是孩提時代認識的小知，但她已經很久沒有再見到小知了。

她想要在二十歲生日到來之前，多認識一些人類朋友。於是她帶著一部分的妖精朋友們，重新回到了靠近城市的山中嬉戲。她也更加頻繁地往山下跑，去逛每一個有人的地方，當這天她在公園見到俞立風時，便決定要和這個「像火車一樣會冒煙的『男人類』」作朋友。

暖暖嘴裡含著話梅，坐上中庭花園中鞦韆，抬頭看著月光，閉著眼睛享受冷風吹拂，其實她一點也不覺得寒冷，反倒覺得這樣的天氣舒服極了，在春天的時候，暖暖必須動身前往高山，這樣才能夠安然度過炎熱的夏天。

當不久前，暖暖想到她已經度過了生命中最後一個夏天時，心中總會一陣悸動，然後開心地笑著和動物朋友們說：「以後再也不用擔心熱天氣了……」

「今天算是過完了，五十七變成五十六了，再過五十六天，就是我的生日了……」暖暖看著天空彎月，微笑地喃喃自語：「我還可以看見最後五十六次太陽，和最後的五十六次星星和月亮……啊！小俞耶！嗨！小俞！」

俞立風洗了澡，從自家陽台向下看，見到暖暖坐在中庭裡兒童遊戲區的鞦韆上晃，在月色照耀下，暖暖的笑容像是沒有一絲憂愁，像是個未經人事的孩子一般。然後暖暖也發現了他，大聲地和他打招呼。

俞立風趕緊轉身離開陽台，回房睡了。

夜晚悄悄地過去了。

□

當俞立風穿上他那套筆挺西裝，提著公事提包，來到停車場時，才想起昨晚與阿木喝了酒，車子還停在那日式料理店外街邊。

他碎罵了幾句，一面看錶一面來到中庭時，晴空灑下的陽光是那麼的溫暖，使他有種不那麼冷的錯覺。

暖暖仍盪著鞦韆，周圍圍著幾個孩子，暖暖正和他們說著話。

俞立風怔了怔，他還記得自己昨晚對這女孩做出的警告，他猶豫著是否該上前重申自己對她的警告，但他並沒有這麼做，只是皺了皺眉頭，趕著去街上叫車。

這天俞立風特別悶，是一種令他感到窒悶、尷尬、彆扭的悶，公司上層並未派下新的案子，俞立風部門之中的下屬們，全被調去支援韓 SIR 那部門，寬敞的辦公室中只有他和阿木兩人坐著，俞立風強撐著顏面，不時撥通電話給一些老客戶，說些瑣碎的客套話，一面僵著臉和自門外經過的同事們打招呼：「嘿，今天天氣真好。」然後再故作悠閒地拍拍阿木的肩，深吸口氣後坐倒在自己座位上，繼續玩著筆記型電腦中的遊戲，他玩得一臉木然，一陣陣的麻意從他的腳底爬上頭皮。

阿木更是惶恐不安地端坐在座位上，不停地整理電腦之中的資料，反覆地掃描病毒、重組硬碟，彷彿這樣能夠彌補他前幾日在那重要案子上犯下的重大錯誤，他總是在俞立風經過他身邊時露出尷尬又帶有歉意的苦笑，有時說上一句：「都是我不好，風哥。」

俞立風起先會乾笑兩聲，拍拍他的肩，要他別想太多。當阿木第十七次說：「要不是我的話……」俞立風終於忍不住瞪著阿木，惱怒地說：「夠了，別只會道歉，想想下次該怎樣才能夠做得更好！」

阿木唔了一聲，低下了頭：「下次我一定不會犯錯……」

俞立風默然替自己沖了杯咖啡，又替阿木沖了一杯，擺到他眼前，苦笑了笑說：「我們恐怕沒有下次了……」

午休的時候員工餐廳鬧哄哄的，韓 SIR 領著大隊人馬，興高采烈地坐滿了兩條桌子，高聲討論著這件重要案子的進度，不時有韓 SIR 部門的人提議：「等我們完工之後，大家找一天約出去玩，好好慶祝，我們兩個部門的人還沒有一起去玩過。」

突然有人指著幾桌外的俞立風和阿木，以講悄悄話的表情神態、朗讀的音量說：「他們兩個也去一起慶祝嗎？」

韓 SIR 這幾桌發出了一陣壓抑的笑聲，有幾個自俞立風部門前來支援的部屬們，替自己的主管感到了不值，其中三、四個端起餐盤，走來併入俞立風這桌，又有三、四個心中雖不痛快，但不知該如何反應的，低著頭默默用餐，自然也有三、四個，彷彿已經將自己當成韓 SIR 的直屬下屬，笑嘻嘻地說：「不是吧，他們兩個這次並沒有參與我們這件案子，一起慶功好嗎？」

「別這樣說。」韓 SIR 笑著，朝俞立風點了點頭：「大家好朋友，一起開心，有什麼關係。」說完，向著一旁的李嘉宥傾去，問她：「妳不介意吧？」

李嘉宥正以餐巾拭嘴，笑了笑：「啊？我無所謂，你們決定啊。」

「嘿，小俞，到時候大家一起去玩，你來不來？」有人起鬨問。

「好啊。」俞立風點頭笑笑，他的目光幾次和李嘉宥對上，李嘉宥的神情變得十分陌生，像是和他從未相識過。俞立風覺得吃入口中的食物都無滋無味，聽入耳朵的聲音都像蜜蜂嗡嗡聲，他全身發麻，像是在夢境中一般，當他聽見數桌之外偶爾談論到這件案子先前由他負責時所犯下的疏失，他就會停止咀嚼，當他偶爾看見李嘉宥和韓 SIR 熱切說笑時，正要嚥下的食物就會哽住，他在恍神之中喝下一大口紫菜湯時，嗆咳得彎下了腰，整張臉脹紅至脖頸。

阿木趕緊找面紙遞給俞立風，俞立風仍然得維持自己臉上的笑容，邊咳邊說：「喝太急了……」

韓 SIR 那兩桌登時靜了下來，每個人都轉動著眼珠，和身旁同事交換著眼神，不時看看俞立風，再和身邊的同事耳語幾句。

□

「風哥，別想太多。」、「不論如何，我會挺你到底。」幾個和俞立風交好的下屬，在下班時，對著眼神空洞的俞立風這麼說，他們說完，還得趕回韓SIR的部門，繼續加班趕工。

俞立風茫茫然的，只記得自己離開員工餐廳後，窩在座位上，玩了一整個下午的電腦遊戲。

直到他坐上自己的車，車中熟悉的芳香劑氣味才使他回神了些，隱隱有些「總算回到自己地盤，受到一絲保護」的感覺，當他轉動方向盤，將車駛上馬路時，終於流下了不甘的眼淚，大約三、四滴吧，他隨即以面紙拭淨臉龐，擤了擤鼻子，播放音樂，沙啞哼哼合唱著，使自己感覺更勇敢一點。

他仔細地看著由橙黃轉為紫黑的天空，突然覺得自己得更振奮些，他向鬧區駛去，下車，在鬧區中逛著，把玩那些他以往總是只看上幾眼的玩物飾品，興之所至，他也不吝於花錢買下一些稀奇古怪的玩意兒。當他提著兩大袋戰利品上車時，他想起家中存糧不足了，他不想碰櫃中幾瓶濃烈的洋酒，那會更使他陷入哀怨的情緒之中，他想要大口大口地灌些什麼，自然不會是可口可樂或是果菜汁之類的飲品。

他熟練地轉了數圈方向盤，駛入大賣場停車場，他在賣場中兜了數圈，挑揀自己愛吃的食物、日用品、半打啤酒，當他結帳後提著數袋東西正欲離開時，他覺得自己該上個廁所，否則返家的車程會使他坐立難安。

他隨手將手中數袋東西全推入了置物櫃，他和幾個漂亮女孩錯身而過，覺得那些女孩都看著他，使他覺得自己似乎不那麼苦悶，他撥了撥頭髮，總算露出了一絲笑容。但是當他步出地下停車場的廁所，重返置物櫃前時，卻發現置物櫃門是敞著的，裡頭數袋東西倒是沒少，但一同塞入袋中的鱷紋錢包卻沒了。

他在進入賣場之前，才特地自提款機提出這個月要繳交各種費用單據及幾件預定送至家中的家具的費用，六萬多元。

他氣急敗壞地吼著，找來了賣場保全人員，經過很長一番糾纏爭論，他氣得將置物櫃鑰匙扔擲在地上，指著那保全大吼：「我再也不會來了！」

俞立風拎著幾袋並未失竊的食物、日用品、啤酒，失魂落魄地駕車離開，他又十分想哭了，他忍不住在自家社區大樓停車場內熄火時，就打開一罐啤酒，狠狠灌光，將罐子捏扁。

他下車，關上車門，覺得喉間不知被塞了什麼似地，對於停車場中的汽油氣味十分地反感，他很想吹吹風。

他來到了中庭，令他訝異的是，暖暖仍在中庭晃蕩，她摸摸修剪成球狀的矮樹叢，碰碰幾朵自矮樹叢下掙扎冒出頭的小野花。

「妳怎麼還在這裡？我不是叫妳離開嗎？」俞立風走到了暖暖背後，問著她。

暖暖回過頭來，嘴裡還咀嚼著一顆話梅，她手上還有一枝咬了一口的冰棒，她滿是笑意地看著俞立風說：「小俞，你下班回來啦。」

「……」俞立風不知該說些什麼，到了花圃旁的石椅坐下，天氣依然寒冷，俞立風大口灌著冰涼啤酒，打開食物包裝，吃了幾口。

「小俞，你的心情不好。」暖暖來到了他的身邊，緩緩蹲下。

「對，我的心情很糟。」

「所以你十分地冷淡，不想和我說話……」暖暖若有所思地說：「但我想在和媽媽見面之前，再多認識一些朋友。」

「妳不一定要和我做朋友，妳可以和別人做朋友。」

「有啊，今天我認識了張媽媽、李媽媽、王媽媽、陳媽媽和張小弟、李小弟、王小妹、陳小妹……」暖暖扳著指頭，數著這一天和小朋友們，小朋友的父母們談天說話的情景，她滿足地說：「今天很有意義，我認識了十個人類朋友。」

「給妳拍拍手，妳可以去見妳媽媽了。我跟妳說，住在這邊的住戶，才可以進來，不是這裡的住戶，不能在這裡。」俞立風斜眼看著暖暖，喝著啤酒。

「我和他們說，我是小俞的朋友，要等小俞下班。」暖暖這麼回答。

「嘖！妳……」俞立風有些惱火，站起身來，瞪著暖暖：「妳一定要裝小孩子的樣子說話嗎？妳把幼稚當有趣嗎？妳覺得自己這樣很可愛嗎？」

暖暖讓俞立風的斥問嚇得往後一跌，趕緊掙扎起身拍拍屁股，嘟囔著說：「我只是說話而已。」

「我不想和任何人說話！」俞立風轉身，準備上樓。

「我只是不想見到我的朋友哀傷，我希望小俞是開心快樂的。」暖暖低聲說。

俞立風停下了腳步，突然覺得胸口至鼻中有股酸苦衝激不止，他默然半晌，緩緩轉身，終於又恢復了些許紳士風度，向暖暖苦笑說：「我心情不好，口氣很差，很抱歉……妳……沒有地方去嗎？還是妳需要人幫忙？」

「沒有，我只是想看看人類朋友的屋子，和人類朋友說說話。這樣我去見媽媽時，可以和她說說我見到的東西。」

俞立風咬了咬下唇，指指中庭某側的C棟樓，說：「我家從那邊上去。」

□

「嘩——這就是人類的家啊，好漂亮！」暖暖進了俞立風獨居的家中，在客廳轉了一圈，四處摸索著家中擺飾，又跑到了落地窗邊，往外頭看，哈哈笑著說：「好漂亮，和山上看到的一樣，我本來以為人類家中的小窗子，是看不見什麼風景的。」

「……我住的樓層高，所以看得比較遠。」俞立風將帶回來的食物裝盤，從冰箱中拿出冷飲倒入玻璃杯中，他不打算讓暖暖喝酒，他尚未習慣應對暖暖這個自稱快二十歲，面貌模樣十六、七歲，談吐舉止似乎僅十二、三歲的女孩。

這一晚，俞立風在沙發上醉倒了，暖暖在客廳中漫步，隨著音響播放的音樂起舞，轉著圈圈。

陽台外頭傳入窸窸窣窣的聲響，暖暖探頭去望，是黑眼圈、長翅膀的小妖精、松鼠精和羊精。

動物們在外頭喚著：「暖暖，暖暖，妳在這裡玩也不和我們說，不帶我們來。」

「哼，是昨夜你們自己嫌無聊，四處去玩的，我自己在下頭待了一整天，認識一堆人類朋友。」暖暖嘟著嘴說。

「哼，有了人類朋友，就不理我們了。」黑眼圈咧著嘴說，進入客廳，伸手在桌上撥動著，摸取食物放入口中。

羊精歪著頭看著俞立風問：「咩——暖暖，妳的新朋友怎麼睡得這麼難看？好像死掉一樣。」黑眼圈嘿嘿一笑說：「他喝酒，是醉了，我知道，我也喝過酒，睡了三天喔。」

「你們別吵醒他，他的心情不好，他很哀傷呢。」暖暖趕著那些動物妖精，要將牠們趕進房裡。

「放心啦，他不一定看得見我們。」

「那可不一定！有些人就看得見。」

□

俞立風讓乍起的音樂聲驚醒，自沙發上彈起，這才感覺到身上蓋了一件厚棉被，是暖暖夜裡替他蓋上的。

暖暖蹲在音響前，轉弄著音響控制按鈕，她聽同一首音樂一整夜，有些膩了，想動手玩玩這機器，轉到音量鍵發出了巨響，嚇了一跳，見到俞立風驚醒，有些歉然地說：「吵醒你了，真是對不起！」

俞立風抓抓頭，上前關了音響，刷牙洗臉，換了衣服，將狼籍的桌面收拾潔淨。他看看暖暖，見她連兩日都穿著同一套雪白裙裝，便轉入臥室翻找出一些自己的寬大衣物，交給暖暖。

「我下樓買吃的，妳可以洗個澡，啊，我沒有別的意思……後面有洗衣機，也可以烘乾衣服，總之妳自己看著辦吧……」俞立風邊說，開門下樓

當他拎著熱騰騰的早餐返回家中時，暖暖正在浴室唱著歌，俞立風將餐食

用碗盤盛好，是些稀飯、燒餅、油條，和兩杯熱騰騰的豆漿。

暖暖步出浴室，仍然穿著她那雪白裙裝，連身長裙上沒有一丁點髒污，俞立風心想或許她不想換上不合身的男人衣物，便也不以為意，招呼她來吃早餐。

「唔，我不吃熱的食物。」暖暖到了桌邊，用手指輕觸每一道食物，一碰到有暖意的，便推到一旁，那冒著煙、一看即知燙呼呼的豆漿，暖暖更是嫌惡地吐出舌頭，看也不看一眼。

「……」俞立風看了暖暖一眼，自個兒大嚼燒餅，今日是週末假日，他也懶洋洋地癱在柔軟沙發之中，翻看報紙。

「有沒有冰涼的？」暖暖取出她那包話梅，剩下最後一顆了，她將之取出，不捨地放入口中，又問：「我聽說人類家裡有一種東西，叫作『冰箱』喔，裡頭有冷凍的東西可以吃，小俞，可以帶我看看你的冰箱嗎？」

「行，妳看吧。」俞立風大口喝下半杯熱豆漿，滿足地哈了口氣，帶著暖暖，來到廚房，打開他那大型雙門冰箱。

暖暖發出了驚喜的呼叫聲，在冰箱之中翻找著，大都是些包裝食品、罐頭、飲品、零食等，她回頭向俞立風說：「我可以吃嗎？」

「可以。但妳一定要學小孩子講話嗎？」俞立風斜了她一眼。

「小俞，我沒有學小孩子說話，我一直都是這樣說話。」暖暖反駁，取出一罐冷藏的果醬，翻看一番，遞給俞立風，說：「替我打開，小俞。」當她接回了俞立風替她打開的果醬玻璃罐，便將自己的指頭伸入，挖出了一大坨，放入口中，滿足地吸吮著，說：「天吶，這好好吃，這是糖嗎，小俞？」

「……妳從哪裡來的？妳住哪裡？」俞立風將一只湯匙遞給暖暖，心中開始衡量暖暖是否真有精神上的疾病，這倒很棘手了。

「我在四處旅行，快要去見媽媽了，我想要在見到媽媽之前，多交一些人類朋友，多看一些東西，這樣才有話和她說。」暖暖一大匙一大匙地將果醬扒入口中。

「妳媽媽在哪裡？我可以送妳回家。」

「哈！」暖暖笑了出來，以湯匙指指天：「我媽媽在天堂，你不能和我去，那樣你就死了。」暖暖見到俞立風一臉愕然，噗嗤一聲又笑了出來說：「小俞，你別驚訝，沒錯，我只剩五十六天，就要去見媽媽了。」

「什麼意思？妳要自殺？」俞立風不解地問。

「當然不是，幹嘛自殺？」

「還是妳得了不治之症？」

「嗯，算是吧。」暖暖歪著頭想了想，回答，然後將果醬放在地上，繼續翻找著冰箱，翻出冰涼的果汁，旋開瓶蓋就著口喝。

「什……什麼病？癌症、SARS、愛滋，都不像啊？」俞立風瞪大眼睛問。

「嗯，是融化病。」暖暖仍興致昂然地檢視著這雙門大冰箱，這兒摸摸，那兒找找，取出蘋果輕啃一口，說：「這是只有我們雪妖精才會得的病，應該說，是我們雪妖精的命運，在二十歲生日的那天，會融化，我媽媽就是這樣，現在輪到我了。」

「……不怎麼好笑。」俞立風瞪了暖暖一眼，返回座位，將兩人份的早餐都掃了個空，茫然地轉了一會兒電視頻道，換了衣服，見暖暖仍窩在冰箱前，將裡頭東西全搬了出來，像是在玩辦家家酒一般，他只得上前將所有東西又放了回去，不時瞪視著暖暖。

暖暖吐吐舌頭，歉然地說：「小俞，我忘了這是你家，我不應該亂動你的東西。」

「我要出去，妳起來，我送妳回家。」俞立風打了個哈欠，拉著暖暖往門外走。

兩人上了車，車在巷道中行駛，暖暖開心地拍起了手說：「哇，我從沒坐過人類的汽車，這是什麼？這是什麼？」暖暖一面好奇地看著車內四周，一面伸手亂動，她拔起了點菸器，朝裡頭看了兩眼，突然拔聲尖叫，嚇得俞立風差點撞上小巷裡的電線桿。

暖暖緊緊靠著車門，俞立風怒瞪著暖暖，伸手拾起了那掉落在座位下的點菸器，放回原位，對暖暖說：「妳不告訴我妳家在哪，我怎麼送妳回家。」

暖暖看向窗外，指著遠方說：「我的家在雪之國，我已經離開雪之國很久很久了，我已經回不去了，而且我快要融化了。」

「這樣啊，那妳現在想怎樣？」

「讓我在你家住幾天好嗎？我幫你打掃，等我找到新的地方，我會離開的。」暖暖笑著說。

俞立風不置可否，他駕著車子往警局開，但他在途中想起自己皮夾被偷了。證件也沒了，暖暖身上想來也沒身分證，恐怕得花費不少唇舌和警察解釋這前因始末。

「暖暖，妳有沒有身分證？」

「小俞，我不知道那是什麼。」

「……」

暖暖誠懇地這麼對他說：「小俞，謝謝你讓我在你家過夜。」

「就是這樣，妳如果這麼說的話，我會很麻煩，警察會懷疑妳的年齡，會懷疑我留妳過夜的動機，媽的。」俞立風轉了方向，駛向他處。

車子不停地繞，俞立風想起自己皮夾失竊，提款卡等證件全得重新補辦，心情不免又落到了谷底，不停低聲罵著。

「小俞，你得使自己開心點。」暖暖用手指點了點俞立風的手肘。

「像妳一樣開心嗎？」

「是啊。」

「妳的融化病只剩五十六天就要發作了，妳還能那麼開心快樂？」

「是啊。」暖暖頓了頓，正經地補充說：「我媽媽也是個快樂的雪妖精，她和一個人類朋友生下了我，但她在我很小的時候就融化了，在那之前，她一次又一次地教導我要快快樂樂地過每一天，她說替我取暖暖這個名字，就是要我別像其他雪妖精那樣哀傷，她要我像天上的太陽一樣開朗。她融化的時候，我哭得很傷心，之後我就再也沒有哭過了，且每過一天，我就越開心，我快要能見到媽媽了。」

「很不錯的故事，那麼妳現在想認識人類朋友，是也想要生下小雪妖精嗎？」俞立風看了暖暖一眼。

「不不……」暖暖紅了紅臉，說：「我……不知道怎樣才會生出小雪妖精，我也沒這個打算，我不想讓我的小雪妖精……假如有的話……讓她看著她媽媽融化，那樣會使她落淚……」

「嗯嗯，乍聽之下似乎是合情合理的解釋。」俞立風打著哈哈，漫無目的地繞著。這一天，他駕著車子跑了許多地方，他帶著這個自稱是「雪妖精」的女孩在電影院看了一部科幻電影，暖暖目瞪口呆地看完了整部電影；他們在小吃攤點了兩碗羹麵，暖暖自然沒吃；他們在夾娃娃機前奮戰，抓到三隻熊娃娃、四隻狗娃娃，暖暖說其中一隻熊，非常地像黑眼圈，俞立風不知道黑眼圈是誰，只能隨口哼哼幾聲。

這天不知不覺地過去了，當俞立風拿著兩杯大杯可樂，到了速食店二樓暖暖那桌時，他覺得自己並不排斥和暖暖相處了，相反的，他覺得十分地無拘束，他覺得暖暖似乎並非刻意裝出那些童言童語，也並不會歇斯底里或具有攻擊性，他想將先前的認知稍作修改——暖暖是個十分有想像力的女孩，或許同時併有某種程度的妄想症，使得她在陳述那些不合邏輯的故事時的模樣神態，十分自然真切。

這讓俞立風願意以暖暖的邏輯和她對話，至少他覺得自己不是被愚弄的一方。另一點令俞立風感到訝異的是，自稱是雪妖精的暖暖，似乎真的不會感到寒冷，儘管她身上那件雪色裙裝十分單薄，但當她大口灌進冰涼冷飲後，還是面不改色地笑著。

俞立風拉了拉外套，他倒有些冷。

這天晚上，俞立風將臥房特地收拾了一番，讓暖暖使用，他自己則搬著備用的棉被和枕頭，來到客廳。

俞立風聽見了暖暖在臥房中的自言自語，甚至是談笑聲，他數次藉故進房，暖暖都停住了口，睜大眼睛看著他。

他終於忍不住問：「妳在和看不見的朋友說話嗎？」

暖暖點點頭：「小俞，我會替你問問，問他們願不願意讓你看見。」

「不用了，我無所謂，妳慢慢聊。」俞立風聳聳肩，關上門。

臥房中靜默一會兒，黑眼圈抗議說：「好驕傲的人類，暖暖，妳這個朋友我只給他三分，不及格！」

羊精說：「咩——不會呀，他家很大耶。」

黑眼圈哼了哼：「屁，我家比他家更大，我家有一整座山那麼大。」

「又不是整座山都是你家！」小松鼠精說。

「你們別吵了，小俞他人很好，他是個好朋友，他的心情不好，但今天他的心情好很多了，看見他開心，我也很開心。」暖暖做出了這個結論，開了門，喜孜孜地出來，自作主張地打開音響，她大致上會使用了，昏黃的燈光映射下，暖暖搖頭晃腦聽著音樂，在俞立風鼾聲大作時，她才將頭靠著桌邊，淺淺睡著。

週日，俞立風又讓暖暖的笑聲喚醒，他們這日去了更遠的郊區遊玩，品嚐了各處小吃，暖暖總是喝著冷飲，吃著話梅，一點熱食也不吃，一直到入夜，他們這才帶著滿身疲憊返回住處，那豪華的社區大樓。

□

「小俞，今天氣色不錯！」幾個同事見了俞立風進入公司，都瞅著他笑。

俞立風以微笑回禮，他請了半天的假，去補辦那些失竊的證件，處理相關手續。

「風哥，很閒喔。」也有同事這樣調侃他，這名同事是俞立風的下屬，已經自願申請調入韓 SIR 部門了。

「是很閒，你們辛苦了。」俞立風哈哈一笑，若是在兩天前聽了這句話，他可能又要氣惱到全身發麻了，但這時他僅感到那傢伙有些滑稽，似乎不值得介意那麼多。

阿木依然是那樣的拘謹，戰戰兢兢地整理辦公室每一個角落，甚至是盆栽、玻璃門窗、飲水機的整潔。

俞立風不免笑出聲：「阿木，你做什麼，你不是來當清潔人員的。」

阿木哭喪著臉說：「風哥，我很擔心被老闆開除，我……我得努力點……」

俞立風攤攤手，說：「好吧，那麼你應該設法讓自己在接下來的案子更能幹些，你把先前那案子的資料整理好拿來，我告訴你那些地方該怎麼做。」

這幾日公司將所有的重心放在補救這件重要案子之上，沒有新的案子發給各部門，俞立風和阿木無事可做，每天擠在一張桌前，討論著先前那案子進行中的缺失和可以改進之處，俞立風彷彿恢復了之前統領一整個部門的神采，精神抖擻地教導阿木擬定整份企劃書，教導他進行其中的工作細節。

「看，他們是那麼的認真。」有時韓 SIR 部門的員工經過俞立風部門辦公室時，總會酸上一、兩句話，俞立風和阿木起初會瞪他們幾眼，接著便像老僧入定一般，再也不介意那些人了。

□

這天下班的時候，俞立風來到了電梯口，一群韓 SIR 部門員工正駐足電梯門前，準備出外用餐，用畢還得回來加班，一見到俞立風，都說：「下班啦？」、「真羨慕你，風哥。」

「是啊，你們辛苦了，大家辛苦了。」俞立風嘿嘿地笑，他見到李嘉宥也在人群之中，他覺得不是那麼介意了，和幾個被調往支援韓 SIR 的下屬閒聊。

有人問：「風哥，你最近精神好很多，又談戀愛了嗎？」

「沒這回事，你們別亂猜。」俞立風答。

「風哥傷勢痊癒，要出關了。」

「鬼扯，我受過傷嗎？」俞立風哈哈大笑。

李嘉宥幾個姊妹淘細碎地交談著，李嘉宥則漠然地看著錶，對於一旁男人們的談笑聲無動於衷。

俞立風對著幾個下屬作揮拳狀，說：「別再閒聊八卦了，小心黑眼圈半夜去你家叫你起來撇尿。」

「黑眼圈是誰？」、「那是誰？」

俞立風攤了攤手：「我也不知道那是誰，不過似乎真的有這麼一個傢伙。」

□

俞立風提著食物、ＤＶＤ影片返家，在巷角看見了賣冰的小販，倒是有些驚訝，這麼冷的天氣，還有小販賣冰。他想起暖暖喜歡吃冰，掏了掏口袋，心想不妨多買些，他對小販說：「給我三枝紅豆冰、三枝綠豆冰、三枝牛奶冰、三枝鳳梨冰。」

阿善和賊神爺爺瞪大了眼睛，看著俞立風，在這寒冬晚間，他們無所事事，正對賭著，今天賣不賣得出十枝，在俞立風之前，只賣出了三枝。

「呃……我說錯什麼了嗎？」俞立風怔了怔。

「哈哈！」阿善跳著大叫，賊神爺爺倒是連連哼著，不甘願地跺腳。

「客人，多謝你啦！」阿善將十二枝冰裝袋，恭恭敬敬地遞給俞立風，得意洋洋地向賊神爺爺炫耀說：「看到沒有，天無絕人之路，你死心吧，別再打我這個徒弟的主意啦，你要個喝酒朋友，我倒是樂意，知道嗎！」

「哼，哼！誰要做你朋友，我要做你師父！氣死我了呦！」賊神爺爺跳腳罵著。

阿善照顧了那富有老人幾日，每日向那老人討教製冰配方，老人傾囊相授，等老看護回來之後，便謊稱先前的女看護有事找他代任。阿善以先前累積的資金，買了些製冰器材，當真賣起冰來，他打算好好做人了，賊神爺爺倒不放棄，一天到晚來找他哈拉扯屁，想遊說阿善重新當他徒弟。

「老天有眼，好人有好報！」阿善睨視著賊神爺爺，對他說：「我改邪歸正，所以老天派了那個傻蛋，一次買了那麼多冰，我看你啊，乾脆拜我為師好了，我教你賣冰，我當你師父。」

「放你個屁呦，我才是師父！」賊神爺爺吹著鬍子罵。

「對了，那傻蛋怎麼好像在哪裡見過？」阿善怔了怔，見到俞立風的身影已然拐入巷中，他曾看過俞立風那只鱷紋皮夾中那張身分證上照片的模樣，此時只是覺得有些眼熟而已。

□

打開了門，屋子裡頭飄揚著柔美音樂，客廳裡多了許多不知哪兒弄來的花花草草，甚至有幾棵小樹立在電視機旁。俞立風不知暖暖上哪兒弄來這些花草，將客廳布置成原始叢林一般，奇妙的是，那些花草根部都包裹著一層土色的棉布，裡頭似乎還有些土，這些花草都發著宜人的香氣，卻沒有會螫咬人的昆蟲。

暖暖說這些花草是黑眼圈、小松鼠、羊羊牠們平時上山遊玩帶下來的，被妖精施下了魔法，能夠健康活著，根部的棉布不能打開，以後還要種回去的。

俞立風在這日漸茂盛、生氣蓬勃的家中過了幾日，也感染上暖暖的開心情緒，每天悠閒地上下班，下班時便帶著食物回家，有幾次他試著帶些美味的排餐、熱湯回家，暖暖依然不吃，他便試著帶些生魚片、蔬果之類的食物回家。

暖暖只吃了些生菜和蔬果，主食仍是冷飲、話梅、零食，她說她很少吃東西，雪妖精不吃東西也不會死，但是人類的世界裡有許多很好吃的東西，在她去見媽媽之前，一定要多嚐嚐。

暖暖此時的穿著已不是那件雪白裙裝，而是紅色的毛衣裝扮，是這些時日，俞立風每日下班帶她到處遊玩時購入的新衣，暖暖每天都會換穿新衣，對著大鏡子繞轉，反覆地看著鏡中的自己，顯得雀躍不已。

「你不是說要帶我去警察局嗎？」暖暖有時會問。

「再過幾天吧，我很忙的。」俞立風躺在客廳地板那片用竹蓆、棉被、枕頭、玩偶堆成的營地裡，看著窗外說。

□

這天，俞立風依然吹著口哨，神采奕奕地上班。他和阿木在只有兩人的辦公室中侃侃而談，他發現阿木比他想像中更加聰明能幹，只是平時顯得木訥，不懂得發表自己的想法。

午餐時間，韓 SIR 團隊的氣氛顯得詭譎，人人眼中都流露出迷惘，俞立風從幾個下屬口中得知。韓 SIR 今天不知怎麼來著，從早開始就不太一樣了，不像往常那般沉穩，老是在笑，不知笑些什麼，整個人懶洋洋的，就像放了暑假的小學生一般，在座位聽著音樂，翹著二郎腿，有時又會神經兮兮地坐起，不知想些什麼，對於下屬回報的工作進度全然不理會，也不下達新的指示。

「還有啊，李嘉宥也怪怪的，他們之間發生什麼事了嗎？」一個同事說。

「他們吵架啦？」俞立風隨口問。

「不太像，剛剛才看到他們躲在樓梯間接吻，舌頭捲來捲去的。」、「嘩，倒像是他們要結婚啦？」幾個同事交頭接耳說著。

「這些關我屁事，告訴我幹嘛？」俞立風白了一眼，懶得聽關於那兩人之間的濃情蜜意，他稍微看了看員工餐廳，的確沒見到韓 SIR 和李嘉宥的身影，聽同事說，李嘉宥今天打扮得特別美艷，整個人更亮眼了一層。

到了下午，事情卻急轉直下。

韓 SIR 接了幾通電話，先是大叫一聲，哈哈笑著，接著，韓 SIR 不見了，部門停擺了一個下午。

到了第三天時，部門員工不停撥打電話，將電話都要按壞了，仍然聯絡不上韓 SIR，重要案子的進度又開始落後，部門的副主管沒有韓 SIR 在旁督導，和一個新進員工沒有兩樣，傻愣愣地胡亂指揮，工作一團亂，更糟的是，老闆與幾個高層主管，正在國外洽談生意，公司裡沒人能夠作主。

到了下午，大夥兒收到了一張傳真，這才知道，韓 SIR 已經身在國外，短期之內，大概都不會返國了。

韓 SIR 繼承了一筆國外遠親的遺產，金額之大，甚至比公司資產還多，傳真的最後，韓 SIR 和大家道歉，說他不該在這件重要案子尚未完工前就匆匆離開，但他得趕著去處理相關手續，且他相信，部門之中的人才濟濟，一定可以順利將案子完成。

大夥兒快速地流傳這份傳真，有的說以韓 SIR 的抱負，擁有了這筆資產，當然不願意再屈就於公司之中了，他的身家超過了老闆，他可以自己當老闆，創立一間比這間公司規模更大的公司。

也有人不同意，說要是換成自己，有了這些財富，還搞什麼事業，在國外買下一棟高級住宅，偶爾玩玩投資什麼的，已經夠了。

當然最多的聲音，就是抱怨了，許多人埋怨韓 SIR 讓錢沖昏了頭，沒有責任感，連交接都沒完成就離開了。

第四天、第五天，被調去支援的韓 SIR 部門的俞立風下屬，開始往原本部門辦公室跑，拿著他們手上的工作資料，向俞立風求救。

俞立風給了他們幾個建議，他們照著做了，案子開始有了些許進展，消息一下子傳開，更多的員工擁向俞立風部門，都嚷著要風哥給他們一些「建議」。

俞立風這幾日和阿木閒來無事，早將這案子分析研究得透徹熟練，一個一個的建議彷彿是回魂丹，讓焦頭爛額、群龍無首的韓 SIR 部門，總算開始運作，離案子截止日期只剩三天，屆時老闆會帶著客戶回來驗收成果，上次案子延期，老闆的臉是灰色的，這次若他帶著客戶親自前來驗收時，案子仍沒完成，那麼……大家已不敢去想像老闆的臉色了。

「小俞兄，乾脆你來接手吧。」韓 SIR 部門的副主管，苦著一張臉，好聲好氣地在午休時刻端了一杯咖啡，來到俞立風面前。

「你是副主管，韓 SIR 走了，他的部門應該是你來接手。」俞立風看著他。

「幫幫我吧，小俞兄，如果這次搞砸了，我連副主管也不是了。」

「……」

部門重新運作了，在俞立風的調度指揮下，進度大幅度追趕，阿木也像是個稱職的副手，指導著其他同事進行工作，好幾個先前總愛取笑他倆的牆頭草們，都識相地閉上了口。

□

三天之後，老闆和幾個高層主管，是在帶著客戶下車之後，在踏入公司大門時，才自前來迎接的中階主管口中，得知韓SIR離職的消息，驚愕得連假髮都差點要自頭皮上彈飛，儘管他聽說案子如期完成了，但仍然是忐忑不安，直到會議報告結束之後，老闆才笑顏逐開地送滿意的客戶離去，再回來時，給了主持這場會議的俞立風一個大大的擁抱。

「小俞啊，你表現得太好啦，這次多虧了有你啊！」老闆顫抖地說：「我差點要給你們嚇病了！」

「是大家的功勞。」俞立風揉揉通紅的眼睛，他兩夜沒睡，部門中大部分的員工都是如此，此時疲累大都累積到了極限，老闆宣布，臨時休假一天，回去睡覺，隔天舉行慶功宴，要好好地論功行賞。

□

慶功酒會在一家高級歐式自助餐廳熱鬧地舉行，公司之中的員工、員工的好友們都一同參與了。老闆豪氣地在講台上發放了超過十萬元的獎金，接著，花了超過二十分鐘，數落韓 SIR 臨陣脫逃的不是，最後，老闆宣布將原先韓 SIR 的部門，併入俞立風的部門之中，俞立風也將成為那即將退休的更高階主管周老的首選接班人。

俞立風花了數分鐘，講了些客套話，下台之後，還覺得飄飄然，一切似乎如夢似幻，前陣子接二連三的打擊，一下子煙消雲散、雨過天晴。

他在自助吧台夾了滿滿一盤食物，不停地塞入嘴中，和所有前來道賀的人握手或是擊掌。當他們幾個較熟的朋友在角落談及韓 SIR 之時，免不了也要先數落幾句，但接著他們會甚有默契地互看對方幾眼，而後詢問對方：「老實說，換成是你繼承了這麼大一筆錢，會不會拋下一切，去開拓另一片天空？」

「當然會，但至少得有義氣地走，不是像老鼠一般偷溜。」有人這麼說。

「不一定，假如那是一份我恨透了的工作，或是老闆討厭極了。那麼我不但說走就走，走之前還要把老闆頭上那頂假毛一把扯下來！」一個剛被老闆糾正服裝不整的同事這麼說。大夥兒都同意他的話，朝這個方向想，一直給人精明幹練、風度翩翩印象的韓 SIR，或許一直壓抑著，早就到了爆發臨界點了吧。

俞立風嗆得笑了半晌，他十分同意，他幻想著若換成是前一陣子落魄狼狽至極的他，在沒有遇到暖暖的情形之下突然繼承了這大筆遺產，他會怎麼做？

他沒有直說，只是詭異地乾笑兩聲：「老闆十五分鐘之前才升我的職，我不想說惡毒的話。」

「阿風，恭喜你。」李嘉宥一身黑衣，向俞立風遞去一杯葡萄酒。俞立風接過，喝下半杯，說：「謝謝。」其餘的同事識趣地離得遠了些。

李嘉宥在韓 SIR 傳真到達公司的第一天，顯得緊張且神祕，似乎暗暗地高興著，第二天、第三天，她失魂落魄地上班，對所有相關的詢問閉口不答。

「你應該知道，我只是想氣你。」李嘉宥低著頭說。

「嗯，那麼……妳很成功。」俞立風苦笑了笑。

「所以我有時坐他的車，和他說說話什麼的，但是我……和他沒有什麼。」

「嗯。我知道，都過去了，無所謂……老實說，妳是什麼時候知道韓 SIR 將要繼承遺產的事？」俞立風將一塊蛋糕放入口中，伸手拍落胸前的蛋糕屑。

「我？我根本不知道，我很驚訝他會拋下大家離開，他完全沒和我說……」李嘉宥抬起頭，笑著回答。

至少打個草稿吧——俞立風心中這麼想，他笑著點了點頭。他知道韓SIR有個妹妹，李嘉宥和韓SIR的妹妹是大學同學。他對當初被李嘉宥放棄他而選擇韓SIR的理由了然於胸，然而她並未如願與韓SIR一同遠行，理由也不難理解。

當初她在權衡比較之下選擇了韓SIR，如今或許韓SIR突然想交個金髮碧眼的女朋友，或者想同時擁有很多個女朋友，不論如何，韓SIR以同樣的方式，對李嘉宥做出了抉擇。

俞立風淡淡一笑說：「妳不用這麼拘謹，大家還是好同事、好朋友。」

「那我們是不是可以……」李嘉宥輕輕伸出手，想要去觸碰俞立風的手。

「暖暖！妳怎麼這麼晚才到？」俞立風望著入口處，突然大喊，連忙將手中餐食放下，三步併作兩步，急急地往門邊跑。

暖暖身著雪白色的時尚雅緻裙裝，短髮貼齊耳際梳理，還戴了銀白色雪花頭飾，此時像是個初涉人世的小公主一般，四顧眺望著餐廳裡頭，還不時低頭自語：「黑眼圈，是不是這裡啊？我來錯地方了嗎？」

「暖暖，妳迷路了嗎？」俞立風到了門邊，牽起了暖暖的手，將她往餐廳裡頭拉，一面和她說：「我想裡頭有許多妳愛吃的東西。」

「是什麼東西呢？」暖暖顯得十分高興，回頭驅趕腳邊：「黑眼圈，你先去外頭，別讓人發現了，你多的是機會，別鬧彆扭了你！」

俞立風將暖暖帶到了自助吧台前，暖暖見到了五顏六色的冰淇淋，發出了清亮的歡呼聲，惹來了不少好奇同事圍觀。

「風哥，你惦惦吃三碗公！」、「小俞，你眼光更好了！」、「你這是犯法的行徑吧？」

「別鬼扯，人家快二十歲了，她是娃娃臉！」俞立風哈哈笑著，和大家介紹時，便只說和暖暖剛認識沒多久，要大家別瞎起鬨。

「小俞，原來你有這麼多的朋友，我還以為我的朋友比較多。」暖暖大方地和每一個人打招呼。那些男同事們豺狼虎豹似地想擠過來自我介紹，女同事們七手八腳地摸摸暖暖的臉蛋，摸摸她的手，問她是怎麼保養皮膚的。

「常常吃冰，常常吃梅子，我都是這樣。」暖暖笑著回答，她捏起眼皮，讓一個好奇的女同事檢查她的眼睛，證明她並沒有使用那種能使虹膜看來更大的東西。

這天，暖暖吃了三十四球冰淇淋、三盤水果、七杯冷飲、餅乾、蛋糕和一些蜜餞。

當宴會結束，俞立風拉開車門，扶暖暖上車之際，他看到不少男女同事，都露出了欣羨和祝福的目光，他終於覺得自己尋回了那失去挺久的成就感。

「嘿嘿，我很威風吧，我就跟妳說，我在公司裡是很有地位的。」俞立風和暖暖打著哈哈，暖暖手上還拿著半片餅乾，她再也吃不下了，她看著窗外，呵呵笑著說：「哈哈，黑眼圈沒來得及上車，牠氣哭了，牠追著車子跑，牠離我們越來越遠了。」

暖暖將頭撇回，還掩著嘴笑，嘴中的餅乾屑渣落了一手都是。

「嗯，黑眼圈最近都忙些什麼啊？」俞立風已經很習慣於和暖暖聊那些看不見的動物妖精朋友們，他十分佩服暖暖的想像力。

暖暖回答：「牠啊，就只愛玩，很不懂事呢。我最擔心牠了，可惜你看不見牠，不然我很想拜託你在我融化之後，替我照顧牠，你是個很可靠的朋友，小俞。」

「是啊，我最可靠了，妳還有什麼動物妖精朋友，全介紹給我吧，我會好好照顧牠們的。」俞立風轉動方向盤，瀟灑地倒車停好位置，熄火。

「還有時常跌倒的羊、愛吃的小棕熊、頑皮的小松鼠，還有很多很多……還有漂亮的花姊姊，她去很遠的地方了，如果你見到她，你一定會喜歡她的，她非常非常漂亮。」暖暖跟在俞立風背後說。

「是嗎？」俞立風回頭問：「這個世界上有人比暖暖還要漂亮嗎？」

暖暖臉紅了紅，呵呵地笑：「應該有的吧，餐廳裡那個和你說話的女人類，就非常漂亮。」

「不，妳比她漂亮太多太多了。」俞立風牽起了暖暖的手，將她拉往自己身邊說：「以後我們應該這樣走，要走在一起。」

「你的手很熱呀，小俞。」暖暖說，笑著掙開了俞立風的手，然後她將手往袖中縮了縮，將手藏進了袖裡，隔著袖子握俞立風的手，說：「這樣比較不難受。還有，這幾天你都很晚回家呢，之後也如此嗎？」

「我會盡量早點回家的，妳來晚了，沒有聽見老闆將韓 SIR 的部門併給我了，我一次帶兩個部門的人，處理兩倍的工作，會很忙的。」俞立風神采飛揚地答。

暖暖若有所思地說：「可是……我只剩下十七個太陽和月亮了，我希望能和你常常在一起。」

「我答應妳。」俞立風緊緊地握了握暖暖的手。

□

然而，俞立風並沒有實現他的承諾，整合之後的新部門，有太多事情要做了，工作量並沒有減少，還得花費額外的時間來分配部門整合時的瑣碎事物，如人員工作重新分配等等。

接下來的許多天，俞立風早出晚歸，每一天暖暖總會在陽台邊佇望，會大聲地朝步入中庭的俞立風喊：「小俞，你又這麼晚才回來了！」

俞立風整個人癱在沙發中，看著淩亂的營地被窩，搖搖頭說：「我不行了，我得睡床，我得恢復得快一些，否則明天會更累。」

暖暖要俞立風趴在沙發上，她騎坐上了俞立風的後背，以一條毛巾蓋住俞立風的後腦杓和脖子。

「喂，妳這個樣子，我會控制不了自己。」俞立風半開玩笑地說。

「什麼意思？那會怎樣？」暖暖輕輕按著俞立風的肩頸，她的手微微泛著瑩白光芒，一股清透冰涼感，紓解了俞立風肩背上的僵硬痠疼，他發出滿足的笑聲說：「好冰！冰得很舒服。」

「因為下雪了。」暖暖笑著說，俞立風閉著眼睛趴伏在沙發上，看不見背後真的下了場小規模的雪。

「小俞，你有看過雪嗎？」

「有，出國旅遊時見過。」

「我媽媽說，雪花是天使的眼淚，很美很美。」暖暖說，輕輕哼起歌曲。

「妳唱歌很好聽……」俞立風恍惚呢喃，接著發出了鼾聲。

「好，我繼續唱。小俞，我希望你每一天都快樂，不要這麼累。」暖暖輕輕哼著歌，偶爾呢喃些話語，她看看窗外漆黑深夜，說：「最後第十一個月亮快要沒有了，最後第十個太陽要出來了……媽媽，我離妳更近了。」

□

俞立風梳洗完畢，發現暖暖倚靠在陽台邊睡，他想要和暖暖打聲招呼，卻又不忍將她吵醒。

他出門時，又望了望暖暖，心中盤算著不論如何，得替暖暖弄張身分證才行，他總不能和大家說暖暖是雪之國的雪妖精、學歷是沒有、生日是不明。

他覺得暖暖老和自己說故事，或許是有苦衷，他暗暗發誓，不論要花費多久時間，如果暖暖有困難，他會盡一切力量來幫助她。

他趕往公司上班，接下來兩天，他更忙碌了，兩個部門整合成一個部門，下屬們的工作沒變，但他卻沒有韓 SIR 替他分擔其中一半，原先兩個部門的副主管都無法獨當一面，他一個人要當兩個人用，指揮調度兩倍的人馬，進行兩倍的工作。

這一天，他精疲力竭地回家，在進入中庭時，卻沒有見到倚靠在陽台牆緣的暖暖，也沒有聽到熟悉的叫喚，反倒有些不習慣。

他歪著頭搭乘電梯，一層一層向上，旋開了門，客廳之中是暗沉沉的，只有後頭一間房間是亮著的，裡頭傳出暖暖微弱的說話聲，還有其他的說話聲音。

「暖暖，他才不是好朋友，他不重視妳。」

「咩，他不回家了嗎？」

「不是。人類要工作，小俞的工作很累很辛苦的……」

俞立風循著聲音，不解地往那房走去，暖暖躺在床上，身上泛起了淡淡的光霧，在她的床邊，有一隻十分龐大的浣熊、一隻小羊、一隻小松鼠、一隻小棕熊和幾個在空中飛旋的小妖精，牠們關心地看著暖暖。

「這……這是怎麼一回事？暖暖，暖暖妳怎麼了？」俞立風愕然問著。

「他看見我們了！」、「這個人看見我們了！」動物們起鬨著。

暖暖猛地坐起，掙扎下床，還絆了一跤，撲向俞立風的身懷，當她仰起臉時，晶嫩雙頰上掛著兩道淚水，她說：「小俞，你今天好晚才回家……」

「暖暖哭了！」、「這個人害暖暖哭了！」、「暖暖從來不流眼淚的！」

動物們十分地驚訝。

俞立風扶著暖暖，替她抹去眼淚，只覺得指尖觸及的淚水，是冰寒的，淚痕在他手上瑩瑩發亮，他突然想到了什麼，顫抖地說：「原來……妳說的是真的……浣熊、棕熊、羊、松鼠、妖精……你們是真的！」

「本來就是真的，我就是黑眼圈，那一天你開車為什麼那麼快，害我追不上！」黑眼圈吼叫著，用腳踢俞立風。

「小俞，小俞……」暖暖疲憊地站直身子，指指窗外說：「最後第七個月亮要離開了，我捨不得，我想看看。」

「不……不……」俞立風驚慌地扶著暖暖出房，將她帶往頂樓，讓她看看星星。他狐疑地問：「暖暖，我不懂……妳說……最後第七個月亮是指什麼？妳說的融化病，也是真的？」

暖暖點了點頭，她看來似乎更白皙了些，是一種近乎透明的白皙，俞立風看著她的臉，發覺暖暖連唇色都黯淡許多，不是先前的紅粉晶嫩了。

暖暖說：「當最後第七個夜離開後，最後第六個太陽就要升起了，我離媽媽又更近了。」

俞立風不死心地問：「到時候，妳會離開嗎？我能找得到妳嗎？」

暖暖先是點頭，然後搖搖頭說：「我會離開，我會融化，這是雪妖精的命運，你找不到我的，我會去見我媽媽，她在天堂。」

「妳……妳能見到妳媽媽？」俞立風茫然失措，他連連搖頭：「不行，不行，妳不能離開，我還得替妳弄一張身分證，我們要過很久的日子，要去很多地方玩，吃很多好吃的東西……」

「其實……」暖暖看著星空，一陣風吹來，拂過她的髮梢，她的眼淚又落下了，她不停伸手去拭，眼淚卻再也停不住了，她哭著說：「其實，我不知道融化了之後，能不能見到媽媽，媽媽說可以的，但我不知道……我想見媽媽，我也想和小俞在一起，我每一天都告訴自己要開開心心，不要害怕，可是我現在……很害怕……很害怕……我只剩最後六個太陽了，之後，我就再也見不到小俞了……永遠也……」

「不會的！」俞立風驚恐地擁住暖暖，喊著：「我們得找醫生，醫生能治好妳的病。」

黑眼圈踢了俞立風大腿一下，叫著：「笨人類，你會把她熱死！」

俞立風趕緊鬆開了手，扶著暖暖坐在頂樓空曠的水泥地上。

暖暖眼淚仍然湧湧流著，不停地抽噎哭泣，彷彿要將這一生的淚水，都在今夜流盡，她的眼淚劃過面頰，向下滴去，化成了點點冰雪，瑩瑩發亮。

「媽媽說……雪花是……天使的……眼淚……」暖暖抽噎著說，伸手接了一些自己眼淚變成的雪花，揉擰在掌心中，使其綻放出陣陣光華，她呢喃說：「但我不是天使……我只是個妖精……」

俞立風陪著暖暖流了許久的眼淚，將她帶回家中，他十分慌亂，不停地在屋內踱步，一面安撫著暖暖，說要帶她四處去玩，吃很多好吃的東西。

翌日，俞立風向公司請了假。

他們朝著市區出發，暖暖又恢復了開朗的神采，絕口不提昨夜的悲傷，他們一路玩遍了很多地方，俞立風和暖暖手牽著手，暖暖的手上戴上了毛線手套，他們也隔著衣服相擁，俞立風偶爾想要親吻暖暖，暖暖會驚嚇著躲避說：「小俞，你想要吃我的嘴巴嗎？那樣很熱。」

黑眼圈、羊、松鼠、小棕熊等動物妖精都吃味地跟在後頭，更多的妖精們聚集而來，牠們都記起暖暖快要生日了，儘管那是一個不值得慶祝的日子。

「我們提前過生日好不好？」俞立風這麼提議。

暖暖身子顫抖了一下，問：「為什麼呢？小俞。」

「我們吃特大號的蛋糕，裡頭放很多冰淇淋的那種，買很多很多好吃的東西，帶著妳所有的朋友，好好地慶祝，用盡全部的力氣去玩。」俞立風說。

暖暖有些動心，笑著說：「很好玩的樣子。」

於是他們便這麼做了，在最後第四個太陽落下時，俞立風的家裡像要翻過來似地，很多很多的動物妖精在每個房間之中追逐打鬧，俞立風這時也像個孩子一般，和所有的動物起鬨玩鬧，用蛋糕互擲，搖晃汽水噴灑，好在那些動物們都是妖精，左右鄰居只聽得見他和暖暖的歡笑聲。

黑眼圈搖身變成花姊姊的模樣，做出撫胸扭臀的樣子，被所有的動物扔水果砸哭了；羊將衛生紙咬得到處都是；小棕熊吃下六隻烤雞；小猴子和小松鼠腦袋瓜貼在一起，同戴一副耳機，各自罩住一隻耳朵，聆聽熱血搖滾音樂；俞立風使勁晃著好幾罐汽水，打開，噴濺上天；暖暖鼓著嘴巴吹風，將那些汽水飛沫化成五顏六色的冰雪，動物們爆出了熱烈的歡呼聲音。

最快樂的時刻過去了。

早晨，俞立風接到了老闆詢問的電話，接連請了數天事假的他，必須去上班了，這一天工作又進入了極其忙碌的階段，他的部門必須在三天之內，完成一件重要案子。

俞立風在上班時間全神貫注，加倍地趕工，儘管他將家中布置成了小樂園，好多好多的動物們陪伴在暖暖身邊，但他仍然希望能早一點回去陪伴暖暖，他仍然不願意相信暖暖只剩最後兩天的壽命，可是他找不出不相信的理由。

當俞立風向老闆提出想要再請兩天假時，老闆斷然拒絕，使俞立風幾乎要罵出髒話，但他還是忍住了，他痛苦掙扎著，他有做不完的事，他突然覺得自己十分懦弱，儘管他曾經和眾人一同數落韓 SIR 說走就走，他此時卻覺得自己比韓 SIR 窩囊了一百倍不止，他在公司時開始不安，不停撥打電話回家，和暖暖長時間聊天，如此他能安心些。

但這麼一來，他更想擁抱暖暖了。

「小俞，你不要激動，你不要緊張，你的日子還好長啊，可不要丟了工作，別再打電話回家，我講故事一直被你打斷，黑眼圈說等你回來要狠狠揍你。」暖暖隔著電話，和俞立風這麼說。

「妳告訴牠，我很會打架。」俞立風笑了笑，掛上電話，身子不停地發抖。

俞立風站起身，見到大家都狐疑地看著自己，突然覺得好笑，便說：「別那樣看我……我的親戚都是窮光蛋，我沒有好幾億可以繼承，你們大可放心……」他將下屬們逗得笑了，便起身上廁所去。

「風哥，你身體不舒服嗎？」阿木跟在後頭，問他。

俞立風上完廁所，洗了把臉，又感到一陣一陣的恐懼鋪天蓋地而來，他又想要盡早回家了，他看著阿木說：「我最愛的那個女孩，她快要死去了，我無法替她做些什麼……我該怎麼辦……」

阿木慌張安慰著俞立風，但他口拙，僅能不停重複：「風哥，你別擔心，事情會好轉的。」

這晚他已經盡可能地提早回家了，暖暖正和一群動物朋友們說著故事，一見到俞立風進屋，突然又嗚咽要哭，但很快地展開笑顏，拍拍胸口說：「沒事沒事，就快要能夠見到媽媽了！」

兩人和許多的動物妖精們，又開心地度過了一個叢林夜晚，度過了暖暖倒數第二個月亮時光。

當最後一個太陽升起時，暖暖很早就來到頂樓，閉眼呢喃祝禱著，她微笑，深吸清晨的風，睜開眼睛，大聲地朝天空喊：「媽媽——我今晚要見到妳了！」

俞立風還穿著睡衣，肩上扛著黑眼圈，上樓，摟了摟暖暖的肩說：「我們今天上哪兒去玩？」

「你不是要上班？」

「不上了。」

「啊，你說你老闆不准你請假。」

「不准又怎樣？他敢囉唆，我踢爆他的屁股。」

「他會把你開除。」

「那正好，我可以再踢爆他另一邊屁股。」

暖暖哼了一聲，看著俞立風雙眼，正經說著：「小俞，我之前曾和你說，我會擔心許多動物朋友，但我現在最擔心的就是你了，你要好好過自己的生活，你要毫無畏懼地度過每一天，你要有一份好的工作，所以你要乖乖去上班，不能踢老闆屁股。」

「否則……我會非常非常地擔心，你會害我把好不容易向所有動物朋友們借來的勇氣，都變不見了，你要勇敢，我才會勇敢。」暖暖這麼說。

「我知道了……」俞立風閉了閉眼，又扛著黑眼圈下樓，換衣，上班。

但他坐上自己的車，就又感到陣陣的恐懼——最後一天，這是最後一天了。

他發著抖來到公司，艱難地指揮下屬們進行工作，進度還算順利。只要持續工作至深夜，再天明。在明日客戶到來之前，有充裕的時間完成工作。

他的頭皮突然發麻起來，他不能在這裡待到深夜，再到天明，他得回家，他一定要回家一趟。

他好幾次想要撥打電話返家，卻又害怕破壞了暖暖聚集的勇氣，他得讓暖暖放心，他來到長廊，透過窗戶，看向遠方，不能抑制地顫抖著說：「誰能給我勇氣……拜託誰來給我勇氣……」

接下來的數個小時，他在極度煎熬的情形下，不停喝著咖啡，將神經繃到了最極端的程度，他的頭皮一陣一陣地發麻，他覺得太痛苦了，好幾次老闆走到了他的身邊，向他詢問進度時，他都想要一拳打歪老闆的鼻子。

他當然沒有這麼做，他瞪著滿布血絲的雙眼，呢喃地說：「快要完成了。」老闆拍拍他的肩，說：「好，今晚你一定要親自坐鎮指揮，一點差錯也不能發生，明天要將最好的一面呈獻給客戶。嗯，我先走了，你們加油。」

「……」俞立風捏緊拳頭，暴躁地抓著頭髮，不停來回踱步，部門之中所有的員工都噤若寒蟬，他們都讓俞立風的模樣嚇著了。

在下班時間過後的兩個小時，俞立風又拿出手機，他猶豫地按下幾個數字，再消去。

突然手機響起，是黑眼圈打來的。

「怎樣？怎樣？」俞立風驚慌問著。

黑眼圈嚎啕大哭起來：「小俞……你今天……還要加班嗎？」

「不！不！」俞立風終於暴跳如雷，哇哇吼叫著：「加他媽的屁班，趕他媽的屁工，操他媽的屁客人！黑眼圈，不要哭，好好講話！」

俞立風大吼大叫，抓著電話，衝出了辦公室，還踢倒了一個擋在他面前的垃圾桶。

留下一群瞠目結舌的部門下屬。

「小俞發瘋了！」、「風哥和韓 SIR 一樣了嗎？」、「快打電話給老闆！」、「他也要逃跑了嗎？」、「怎麼辦，沒他不行啊！」部門騷動了起來。

「全都閉嘴！」阿木突然爆出大吼，重重拍了好幾下桌子，怒罵：「給我回座位去工作——工作！」

□

「啊——」俞立風將滿是擦痕的車開到巷口時，動物們攙扶著暖暖，早在巷口等了。俞立風趕緊開門，黑眼圈等將暖暖扶上了前座，暖暖看來更為蒼白了些，她苦笑了笑：「小俞，對不起，是我叫黑眼圈打電話給你的……我……」

「別說了，我們找個地方……」俞立風重新開車，不理會在後頭追逐的一群動物。他說：「早知道我就不去上班了，不……好幾天前，就應該這樣，我應該跟韓 SIR 一起走算了，不……從妳來的那一天……我……我就應該……」俞立風不停地抹去眼淚。

暖暖微微笑著，看著窗外，嘟著嘴說：「這邊都是樓房，很想看看星星……」

「好！好！我們看星星去！」俞立風將車一轉，往僻靜的河岸駛去，他突然問：「要不要買點什麼帶去，妳吃冰嗎？還是吃梅子？」

「不了……這些日子，我吃得太多了，不想吃了。」暖暖笑著說。

十數分鐘後，車駛上了河邊堤岸邊，他們越過了堤岸，來到草坡上坐下，仰頭看，烏雲將天蓋得滿滿的，並沒有月亮和星星。

暖暖靜默了一會兒，閉上眼睛，笑嘻嘻地說：「我還是看得見，有很多星星，有又圓又大的月亮，我生命中的最後一個月亮，妳要保佑我，順利地見到媽媽……」

俞立風摟了摟暖暖，覺得她的身子輕飄飄的，有些不真實感，像是鬆散的雪人，他只得放手，陪暖暖看著天空與河岸。

暖暖的身上各處升起了光霧，她看看手臂，伸手去觸碰那些光霧，看著它在夜風中漫開，當作是生命中最後一個遊戲。

俞立風黯然地看著暖暖，他想伸手碰碰暖暖的臉，手指輕觸到那晶瑩肌膚，肌膚立時閃耀了些，暖暖的臉上也泛起了光霧。

他眼淚落了下來，他不能觸碰暖暖，那會使她加速消逝。

「你不要哭啦，會害我也哭耶……」暖暖邊說，試著站起身來，她的雙腳陡然發亮，在空中幻化成點點光雪。

暖暖身子飄浮升起，他們互相抓住了對方的雙臂，暖暖終於感到非常、非常的害怕，她哭著說：「小俞，我要去找媽媽了……你要好好過日子。」

俞立風只能拚命地點頭，他無法做任何事來改變些什麼，他只能緊緊抓住暖暖的手，看著暖暖的身子一點一滴地綻放、剝離、飛昇、消散……

暖暖的一隻手臂開始出現裂痕，綻出光華之時，她趕緊使了使力，讓身子更接近他，努力將臉湊去，呢喃著說：「小俞，現在我不怕熱了……」

在他們的嘴唇觸及之前，暖暖剩餘的身子發出了一陣耀眼的光，在極短暫的時間後，俞立風的面前，只剩下了亮白迷濛雪霧，夾雜著幾片晶瑩冰花，閃閃綻放光芒，接著消逝。

天使的眼淚流乾了，又一個雪妖精的悲傷命運到了盡頭。

「嘶——」俞立風雙手按著自己的頭，張大了口，喉間卻只能發出沙啞的嘶喘聲，他轉著身子，不停向四周遼闊草坡尋找，沒有暖暖的身影。

他摀著頭跪倒下去，發出了巨大的、悲傷的聲音，一聲一聲，傳到黑夜中，卻也追不上暖暖的身影。

□

悲傷的聲音漸漸止息，俞立風癱躺在漫漫草坡上，天上雲朵聚合離散，有幾處破出了幾點星光，四周的風聲好響，遠處樓宇的燈光起伏明滅，河中黑亮的波光閃爍，他突然覺得暖暖似乎還在他的家裡，當他這麼想時，他起身駕車回到了家裡。

家中空空蕩蕩，又回復了原先的樣貌，妖精們替他將擺放成窩狀的棉被、毯子、枕頭收回房內，整疊整齊，灑了些香氛。

那成堆散布的花葉樹木，妖精們也搬走了，俞立風記得暖暖說過，那些花葉樹木根部的棉布不能拆，還得種回土中。

沙發之上，只披著一件一件暖暖曾經穿過的衣物，冰涼涼的，沒遺留下一絲溫度，只剩下上頭那並不怎麼多的，他倆一起擁有過的記憶。

俞立風抱著膝蓋，將頭深埋臂彎之中，茫茫然地，在客廳中央枯坐著，直到那對暖暖來說，永遠也見不到的，新的太陽升起之時。

他疲憊困頓，在不知道該做些什麼的時候，只能披上外套，返回公司。

他想他應該完了，老闆給了他大好機會，他只將之在手中輕握了握，便放開了，韓SIR懷抱著無限希望離開，而他只能讓悲傷淹沒。

他踏進了公司，無視於眾人投以詢問的目光，他上樓，想與同事們話別，他懶得去想像老闆震怒的神情了，在他將要走入部門辦公室時，老闆也自另一邊電梯上來，大大地和他打了招呼。

「你的臉色好難看，你身子不舒服？」老闆露出關切的表情，然後摸摸鼻子，期待地問：「我剛到，做得怎樣？下午客戶就要來了。」

「我……」俞立風嘆了口氣。

「老闆，風哥！」阿木一面揉擰肩頸，一面疲憊趕來，手邊抓著一大份文件，幾張光碟，打了個大大的哈欠說：「全都完成了。」

老闆兩隻手豎起大拇指，對俞立風說：「小俞，有你的，我就知道你行。」

俞立風有些訝異，阿木只是對他使了使眼色，和老闆說：「全都是按照俞主管的指示做的，每一個部分，我們都反覆檢驗了許多次，絕不會有錯誤。」

原來在阿木的督導之下，昨夜部門員工雖然有三分之一因事返家，三分之一在深夜癱伏桌面說再也不行了，但仍有三分之一的員工，和阿木堅守住了最後一道防線，將工作的結尾部分完美地完成了。

「我知道你能夠獨當一面，只是不知道這麼快，你很棒，你會比我和韓 SIR 還棒。」俞立風在廁所中洗著臉，笑著對阿木說。

阿木拍拍俞立風的肩說：「風哥……昨晚你朋友她……」

「她走了，我沒能將她照顧得更好……」俞立風停住了口，抹去將要落出的眼淚，拍拍阿木說：「你先休息，等會兒會議上可別打瞌睡。」

俞立風將阿木推出了廁所，自個兒進到廁所一間隔間之中，關上門，讓殘餘的悲傷從眼眶之中流盡，然後出來又洗了許多次臉。

他走出廁所，廊道間的窗透進了陽光，他摸著窗台走過，看著青天雲朵，彷彿能夠看到她的笑臉、聽見她的聲音。他記起了她曾經說過的話。

我媽媽說過，花姊姊也說過，我也這麼認為，在很多的日子裡，難免有哀傷的時候，哀傷時當然會哭泣，但千萬要記得，在哀傷過後，要將眼淚擦乾，像我一樣笑笑，繼續迎接下一個太陽和月亮。

俞立風進入辦公室，看見許多雙望向他的眼睛，微微一笑，朗聲說：「看什麼？累了的趕快趴著睡，下午客戶要來。晚上，我代表各位要求老闆請大家吃飯，老闆不請的話我請！」

「我請我請！」老闆在外頭聽見了，笑呵呵地探頭說話。

同事們呵呵笑了，俞立風回到座位，調開音樂，啜飲幾口咖啡，翻看阿木呈上的工作成果，十分滿意，又看看身旁窗子，閉了閉眼，將哀傷的回憶上鎖，將甜美的回憶裝框，盼望能時常回想。

他看著流雲，低聲呢喃：「希望妳可以見到妳的媽媽，妳要記得和她聊聊……曾經遇過小俞這麼一個可靠的朋友。」

〈暖暖〉完

《遇見一片微笑的，雪》完

後記

這三部故事的原始靈感，都來自於筆者過往短篇漫畫作品的題材，在許多年之後將之寫成小說，幾乎有了截然不同的風貌。

三部作品裡有著共同的一點，那就是奇遇，當我在整理往日故事題材時，發現了這一點，覺得有趣，便有了寫作這部作品的念頭，或許當時的我是渴望得到幫助的，這樣的想法投射到了當時的作品之中，使得劇中角色們在面臨困頓處境之時，都會遇到一股超現實且強大的力量來幫忙他。

而在這次三部故事的創作之中，我希望故事中的角色不只有得到外力幫助而已，我希望他們能夠以自己的力量扭轉些什麼、改變些什麼。就像是故事中的花姊姊和暖暖所說的——

「妳可以哭泣，但不能依賴哭泣。妳可以在哀傷時哭泣，但妳得做些什麼，讓自己別老是那麼哀傷。」

「我媽媽說過，花姊姊也說過，我也這麼認為，在很多的日子裡，難免有哀傷的時候，哀傷時當然會哭泣，但千萬要記得，在哀傷過後，要將眼淚擦乾，像我一樣笑笑，繼續迎接下一個太陽和月亮。」

星子

遇見一片微笑的，雪

國家圖書館出版品預行編目資料

遇見一片微笑的，雪/星子(teensy)著. --
初版. --臺北市：蓋亞文化有限公司, 2023.05
面； 公分. -- (星子故事書房；TS033)

ISBN 978-986-319-772-0

863.57 112004651

星子故事書房 TS033

遇見一片微笑的，雪

作　　者 星子
封面裝幀 莊謹銘
責任編輯 楊岱晴
總 編 輯 沈育如
發 行 人 陳常智
出 版 社 蓋亞文化有限公司
地址：台北市103大同區承德路二段75巷35號
電話：02-2558-5438　傳真：02-2558-5439
電子信箱：gaea@gaeabooks.com.tw
投稿信箱：editor@gaeabooks.com.tw
郵撥帳號 19769541　戶名：蓋亞文化有限公司
法律顧問 宇達經貿法律事務所
總 經 銷 聯合發行股份有限公司
地址：新北市新店區寶橋路二三五巷六弄六號二樓
電話：02-2917-8022　傳真：02-2915-6275
港澳地區 一代匯集
地址：九龍旺角塘尾道64號龍駒企業大廈10樓B&D室
電話：+852-2783-8102　傳真：+852-2396-0050
初版一刷 2023年05月
定　　價 新台幣280元
Published and printed in Taiwan

ISBN / 978-986-319-772-0

Gaea

GAEA